Michael Köhlmeier
Wenn ich wir sage

Michael Köhlmeier

Wenn ich wir sage

Aus der Reihe »UNRUHE BEWAHREN«

Residenz Verlag

Unruhe bewahren – Frühlingsvorlesung & Herbstvorlesung.
Eine Veranstaltung der Akademie Graz in Kooperation mit dem Literaturhaus Graz und DIE PRESSE.

Die Frühlingsvorlesung zum Thema »Wer, wenn nicht wir« fand am 24. und 25.04.2019 im Literaturhaus Graz statt.

Bibliografische Information der Deutschen Nationalbibliothek.
Die Deutsche Nationalbibliothek verzeichnet diese Publikation in der Deutschen Nationalbibliografie; detaillierte bibliografische Daten sind im Internet über http://dnb.dnb.de abrufbar.

www.residenzverlag.at

Redaktion: Harald Klauhs, Astrid Kury
Wissenschaftliche Beratung: Thomas Macho, Peter Strasser
Umschlaggestaltung: Kurt Dornig
Typografische Gestaltung, Satz: Ekke Wolf, typic.at
Lektorat: Jessica Beer
Gesamtherstellung: CPI Moravia Books
ISBN 978 3 7017 3484 9

Ich will mich dem Thema in Kreisen nähern. Die Kreise mögen bisweilen arg verbeult aussehen, manchmal, so fürchte ich, brechen sie ab oder scheinen zerbrochen, so dass ein offenes Ende nach Irgendwohin oder Nirgendwohin ausreißt und wir einen neuen Anschluss suchen müssen. Manchmal finde ich einen falschen Anschluss und bin gezwungen, drei Schritte zurückzugehen. Weswegen ich immer wieder abschweife. Auf dem »krummen Holz der Humanität« – wie Isaiah Berlin sich ausdrückte – wachsen viele Äste und Zweige, und welcher sich als Wassertrieb erweisen und welcher Blüten und Früchte hervorbringen wird, das ist im Frühling für den Fachmann vielleicht zu erkennen, nicht aber für den Laien – und ein solcher bin ich im Garten der Philosophie. Meine *Unruhe* möchte ich mir *bewahren* und deshalb beim Niederschreiben meiner Gedanken deren chaotische Hervorbringung nicht verleugnen, indem ich sie in ein Schema presse, das ja nur ordentlich aussähe, in Wahrheit aber willkürlich und beliebig austauschbar wäre und einen klaren Geist vortäuschte, der nicht einmal selbst wüsste, wie er sich definieren soll. Von Montaigne hole ich mir dazu die Erlaubnis: »Ich will, dass man meinen natürlichen Gang sehe, so stolpernd er auch ist.«

Eine These werde ich trotzdem an den Anfang stellen, eigentlich mehr eine Vermutung, eine Behauptung, eine Provokation: Freundschaft, Familie und Nation – diese drei formen unseren Begriff vom *Wir*. Die Freundschaft entspringt einem Akt des Willens; sie ist kein Zustand, sondern ein Prozess, der dauernde Energiezufuhr benötigt, um in Bewegung zu bleiben, ein Prozess, in dem sich wie in einem Vexierbild Schmerz und Glück rasend schnell abwechseln können und der zu Ende ist, wenn der Stoff ausgeht. Die Familie erscheint ambivalent, einerseits ist sie auf natürliche Weise identisch mit dem *Wir*, andererseits kann sie jedoch das *Wir* zerstören und sogar als schöne Idee ruinieren und würde sogar dann weiter auf die Hoheit über diesen Begriff pochen, wenn im Herzen längst kein *Wir* mehr besteht. Wie aus dem *Wir* der Freundschaft durch die Liebe ein quasi-familiäres *Wir* geschaffen werden kann, darüber berichtet uns Michel de Montaigne in seinem Essay *Über die Freundschaft*, den er in Erinnerung an seinen Freund – und Bruder! – Étienne de la Boétie geschrieben hat. Auch darüber will ich mir Gedanken machen.

Die Nation schließlich erschleicht sich die Emotionen des *Wir*, sie ist ein reines Produkt von Ideologie und Lüge, bereits ihr Name ist eine Irreführung, sie ist die Hölle des *Wir* – sie und ihr Patriotismus sind, wie Samuel Johnson, der klügste Mann, seit es Engländer gibt, sagte, die letzte Zuflucht des Halunken. Das *Wir* der Nation ist das *Wir* der Komplizen.

* * *

Beginnen wir damit, uns Gedanken über die Freundschaft zu machen. Ich greife ins Regal und bitte meinen alten Freund Ralph Waldo Emerson, mir zu helfen:

Ich muss Stolz mit den Errungenschaften meines Freundes empfinden, als wären sie meine eigenen, und ein Besitzgut an seinen Tugenden. Ich fühle das Lob, das ihm gilt, ebenso warm wie der Liebende den Applaus, der seiner Braut gilt. Aber wir überschätzen das Gewissen unseres Freundes. Seine Güte scheint besser als unsere Güte, seine Natur feiner, seine Versuchungen geringer. Alles, was sein ist, sein Name, seine Gestalt, seine Kleidung, seine Bücher und Instrumente, rückt die Vorstellungskraft in ein besseres Licht. Unsere eigenen Gedanken klingen neu und größer aus seinem Munde. (…) Freundschaft, wie die Unsterblichkeit der Seele, ist zu gut für unseren Glauben. Der Liebende, der sein Mädchen betrachtet, weiß halbwegs schon, dass sie nicht wirklich das ist, was er verehrt: und in der goldenen Stunde der Freundschaft werden wir von Schatten des Argwohns und des Unglaubens überrascht. Wir vermuten, dass wir *unserem Helden die Tugenden verleihen, in denen er erscheint, und nachher verehren wir die Form, der* wir *dieses göttliche Innewohnen zugeschrieben haben. Im strengen Sinne achtet die Seele die Menschen nicht so, wie sie sich selbst achtet. In der strengen Wissenschaft unterliegen alle Menschen der gleichen Bedingung einer unendlichen Entfernung.*

Dieser Amerikaner kann bisweilen ein unbequem verquerer Denker sein, der mit Schmeichelstimme verspricht, uns beizustehen, wenn wir beim Denken im Vagen steckenbleiben, und uns in seine pantheistische Idylle lockt – zum Beispiel, wenn er weiter schreibt: »Alle natürlichen Dinge machen einen verwandten Eindruck, wenn der Geist ihren Einflüssen gegenüber offen ist ...«

Und kaum trauen wir uns aufzuatmen, weil wir meinen, wir sähen klarer, zieht er uns die Haut ab: »Wir dürsten nach Anerkennung, doch wir können dem, der uns anerkennt, nicht vergeben.«

Solche Sätze lassen uns den Mund offenstehen. Da habe ich ihn gerade als meinen Freund bezeichnet, nicht zuletzt, um ein wenig von seinem Glanz auf mich zu lenken – eben damit ich »Anerkennung« erfahre, ich geb's zu –, schon stellt mich Ralph Waldo Emerson bloß, indem er sich dagegen verwahrt, von mir vereinnahmt zu werden. Und mir bleibt nichts anderes, als nach den Fragen zu suchen, die zu seinen Antworten passen.

Was haben wir dem zu vergeben, der uns lobt? Anerkennung ist doch Lob, oder nicht? Sie ist sogar mehr als Lob, denke ich. Lob meint *eine* Sache, die ich gut gemacht habe; Anerkennung meint *mein Wesen*, mich ganz und gar, meine Existenz. Hat unser bisheriges Leben denn nicht das gerade Gegenteil bewiesen? Nämlich, dass wir – im Gegenteil – dem *nicht* vergeben können, der uns die Anerkennung *verweigert*. Und ist es nicht vielmehr so, dass Anerkennung noch vor allen anderen Zuwendungen unsere Eitelkeit weckt, die unbedacht bereit ist, dem, der uns anerkennt, *alles* zu vergeben, ihm sogar zu vergeben, wenn er uns anlügt?

Und sollte seine Anerkennung nur gespielt oder geheuchelt sein, wir vergeben ihm. Weil uns vorgespielte Anerkennung lieber ist als gar keine. Er hat sich, halte ich ihm zugute, wenigstens die Mühe gemacht, so zu tun, als würde er mich anerkennen. Seine Lüge war immerhin Höflichkeit. Und der Heuchler – bei ihm vermuten wir, dass er entweder Angst vor uns hat, was uns wieder schmeicheln würde, oder dass er von uns etwas will, was uns noch einmal und sogar noch lustvoller schmeichelt, denn immerhin sieht er in uns jemanden, der etwas zu geben hat, und wer etwas zu geben hat, der stellt etwas dar … So sehr dürsten wir nach Anerkennung, dass wir Höflichkeit und Heuchelei gnädig durchgehen lassen. Er braucht nur dreimal so zu tun, als ob, schon glauben wir ihm, schon nehmen wir ihm sein Spiel ab und erklären es für wahr.

Emerson fährt fort und legt noch eines drauf: »Die Süße der Natur ist Liebe; doch wenn ich einen Freund habe, quälen mich meine Unvollkommenheiten.«

Das ist dunkel. Versuchen wir es trotzdem: Ein Freund hat uns Anerkennung erwiesen, einer, dem wir vertrauen, dessen Lob wir glauben, über dessen Wertschätzung wir uns vorbehaltlos freuen dürfen, weil sie ehrlich gemeint ist, weder vorgespielt noch geheuchelt – und dennoch und immer noch, nein, *gerade deswegen* sind wir unzufrieden? Mehr noch: Sein Lob hat die Unzufriedenheit in uns erst geweckt. Und nicht mit ihm sind wir unzufrieden, *sondern mit uns selbst*. Sein schieres Freundsein lässt mich vor mir selbst als unvollkommen erscheinen. »Doch wenn ich einen Freund habe …«, sagt Emerson. Wer hat mir denn gesagt, dass dieser mein Freund ist? Hat er es mir selbst gesagt? Hat er sich mir als Freund angetragen? Hat er gesagt, ich bin *dein Freund*? Ja? Und durch diese zwei kleinen süßen Worte fühle ich mich bereits unvollkommen? Wäre mir lieber, er hätte gesagt, er sei *nicht* mein Freund? Dachte ich vorher denn, ich sei vollkommen? Und wäre es tatsächlich eine Qual, unvollkommen zu sein? – Was will mir Emerson da einreden? Was für Antworten haut er vor mich hin, damit ich die Fragen dazu finde?

»Meine Eigenliebe klagt die andere Seite an«, schreibt er weiter, und was nun folgt, ist in der Tat unerhört. »Wenn er (der Freund) hoch genug stünde, mich geringzuschätzen, dann könnte ich ihn lieben und durch meine Zuneigung zu neuen Höhen emporsteigen.«

Der Freund soll sein wie die Sterne am nächtlichen Firmament – sie »erwecken ein bestimmtes Ehrfurchtsgefühl, weil sie, obwohl immer gegenwärtig, dennoch niemals erreichbar sind …«

So einen Freund wollen wir? Einen, der uns geringschätzt? Wäre der nicht eher ein Feind? Können, wollen, sollen wir so jemanden in unser *Wir* aufnehmen? Der Wunsch, Emersons Worte mit unseren Empfindungen abzugleichen, drängt uns zu einer Definition. Was meine ich, wenn ich *Wir* sage? Aber was für einen Sinn hätte es, wenn wir uns durch eine Definition frühzeitig den Blick einengen? Also verschieben wir die Definition an den Schluss – oder gar darüber hinaus …

* * *

Noch bevor ich meine ersten Gedanken zu ihrem wackeligen Ende bringe, möchte ich kurz abschweifen und von einer Eigenart berichten, die meinen Eltern Sorgen bereitete, so schwere Sorgen, dass sie unseren Pfarrer um Rat baten; das heißt, meine Mutter bat ihn um Rat, mein Vater war dagegen, ließ es aber zu, weil er der hippokratischen Meinung war, wer heile, habe recht, sogar wenn's ein Pfarrer ist. Meine Eigenart bestand darin, dass ich mit Dingen redete. Nicht mit Puppen oder Teddybären oder anderem menschen- oder tierähnlich Geformtem, sondern mit den rot-grün geflochtenen Schnürsenkeln meiner Schuhe oder mit meinem königsblauen Samtpullover oder mit jedem einzelnen meiner Buntstifte oder mit dem Micky-Maus-Heft, das mir mein Vater aus Wien mitgebracht hatte – nicht mit den Figuren darin sprach ich, mit Donald oder Dagobert oder Tick, Trick und Track oder dem großen, bösen Wolf, sondern mit dem Heft als Heft, das Bildergeschichten beinhaltete. In der Nacht gruppierte ich die Dinge um mein Kopfkissen herum. Hätte ich mir damals schon Gedanken zu unserem Thema gemacht, ich hätte, ohne zu zögern, gesagt: Ja, diese Dinge sind mein *Wir*. Die semantische Grenze zwischen *diese Dinge sind mein Wir* und *diese Dinge gehören mir* war für mich nicht streng gezogen. Die Dinge gehörten zwar mir, aber ich empfand für sie mehr, als einer Sache gegenüber statthaft ist. Diese Empfindung war eindeutig Liebe, und die unterschied sich von der Liebe zu einem Menschen, zum Beispiel zu meiner Mutter, eigentlich nicht. Als ich meinen königsblauen Pullover auf dem Fußballplatz vergaß und er am nächsten Tag nicht mehr da war, trauerte ich um ihn, als wäre er gestorben, und ich machte mir bittere Vorwürfe.

Wie wenn einer aus meinem *Wir* durch meine Schuld gestorben wäre. Meine Mutter war sehr katholisch, wir besuchten ihr zuliebe jeden Sonntag die heilige Messe, und ich beobachtete sehr genau, was der Priester tat. Ich spielte es zu Hause nach. Ich bastelte ein Kreuz, verwendete zwei Eierbecher als Kerzenständer und richtete mir einen Altar her. Ich hielt eine Totenandacht für einen königsblauen Samtpullover.

Meine Großmutter erzählte mir das Märchen vom Herrn Korbes. Da tun sich Tiere mit Dingen zusammen, um einen Menschen zu quälen und zu töten. Das Märchen ist beunruhigend, weil, so habe ich später gelesen, wir nicht wissen, warum Hühnchen und Hähnchen, Katze, Ei, Nähnadel, Stecknadel und Mühlstein das tun. Mich beunruhigte das Märchen, weil ich mir einbildete, ich wüsste es. Ich konnte vielleicht nicht ausdrücken, warum sie handelten, wie sie handelten – fröhlich übrigens, heiter, ein Liedchen singend –, aber ich fühlte mit ihnen und war auf ihrer Seite und geriet in Aufregung, weil ich genau wusste, dass ich damit Unrecht tat. Die Tiere und die Dinge waren mir näher als der Herr Korbes. Hätte mich einer gefragt, wen ich zu meinem *Wir* zähle, den Mann oder die Dinge und die Tiere, meine Antwort wäre schnell gekommen und eindeutig ausgefallen. Vielleicht haben sie ihn ja umgebracht, weil er ihnen die Anerkennung verweigerte.

Ich kann verstehen, dass sich meine Eltern Sorgen machten. Mein Vater wollte nicht, dass dieser Defekt bekannt würde. Meine Mutter vertraute auf das Beichtgeheimnis. Einem Psychotherapeuten hätten beide wahrscheinlich nicht vertraut. Woher nimmt der seine Kompetenz? Der Pfarrer immerhin von oben, von dort, wo die Sterne blinken – aus der »Gottesstadt« von Ralph Waldo Emerson. Der Psychotherapeut tut, was er tut, allein aus seinem Willen und kraft seiner Ausbildung, und er tut es so gut, wie er es eben kann. Das ist auf alle Fälle zu wenig, wenn man es mit Magie oder Pantheismus zu tun hat, oder wie man die Spinnerei nennen will, die einem einredet, alles, wirklich alles, sei beseelt, die Tiere sowieso, aber auch die Pflanzen, der Wind, der Bach, die Steine, die Wolken, die rot-grün geflochtenen Schnürsenkel und ein königsblauer Samtpullover.

Ich erzähle deswegen von diesem Defekt meiner Kindheit, weil ich ihn bis heute nicht ganz in den Griff kriege. Allerdings beschränkt er sich auf Bücher. Im Salon meines Herzens, über dessen Eingang *Wir* prangen könnte, steht ein Regal mit Büchern. Darunter sind solche, die einfach schön anzusehen sind, deren Inhalt und Autor nicht so wichtig sind, die mir als reiner Gegenstand viel bedeuten; und andere, die von meinen Lieblingsautoren geschrieben wurden, bei denen kommt es nicht darauf an, ob sie in Leinen gebunden sind oder gar in Leder, ob sie ein Lesebändchen haben und ob die einzelnen Kapitel mit Kapitälchen beginnen. Darunter befinden sich auch die Werke von Ralph Waldo Emerson. Mit den Büchern auf diesem Regal rede ich. Mit den Büchern rede ich, nicht mit den Autoren. Es würde mir nicht in den Sinn kommen, mit Ralph Waldo Emerson zu sprechen. Er ist ja nicht hier. Ich rede nicht mit Geistern. Seine Bücher aber sind hier. Sie gehören mir, sie gehören zu mir – sie sind mein *Wir*.

* * *

Zurück zu Ralph Waldo Emerson und seinen Überlegungen zum Thema Freundschaft – schauen wir uns seinen Satz näher an: Nur wenn ich jemandem zugestehe, mich geringzuschätzen, könnte ich ihn lieben, schreibt er – wobei er bereits im Anschlusssatz differenziert und einschränkt: Liebe gemeint als ein Gefühl, das ich wie einen Radarstrahl aussende, mit der Absicht, es sofort rückzuempfangen; denn das Ziel ist es nicht, dem Freund, der über mir steht, meine Zuneigung zu versichern, sondern durch die Erzeugung derselben in meinem Herzen mich selbst zu erheben. Diese Liebe meint also nicht den anderen, sondern allein mich selbst. Sie soll meinem Glanz dienen. Meiner Erhöhung. Eine Gemeinschaft, so dass er und ich über uns beide als *Wir* sprechen möchten, kann es mit diesem Freund unter diesen Umständen wohl nicht geben. Eine Gemeinschaft ist auch nicht angestrebt, davon ist nicht die Rede.

Was für eine traurige Vorstellung von Liebe, möchten wir Emerson zurufen; und wie es uns die Psychologie der letzten hundert Jahre gelehrt hat, vermuten wir als Ursache einen Knacks in seiner Biografie. Ich sag's vorweg: Ich habe dort keinen gefunden.

Kann Liebe wirklich so egoistisch sein? – Schopenhauer fällt mir ein, der meinte, Mitleid sei die einzige Form der Liebe, die nicht egoistisch ist. Diesen Satz zitieren wir gern, aber glauben wir ihn auch? Was wäre von einer Freundschaft zu halten, die auf Mitleid basiert?

Fragen Sie sich ehrlich: Wenn Sie mit jemandem Mitleid haben, senkt sich dann ihr Blick nicht? Fühlen Sie sich ihm nicht überlegen? Schätzen Sie ihn dann nicht wenigstens ein wenig gering? Jedenfalls geringer als sich selbst? Wenn Sie zu Mitleid fähig sind, so ehrt Sie das, ohne Zweifel, Sie rechnen sich selbst und jeden anderen einer Spezies zu, die leidensfähig ist und also mit Ihnen verwandt. Das Mitleid sagt: Wir gehören zusammen. Die Ehre besteht darin, Mensch zu sein. Sie sagen sich, ja, es geht dem anderen im Augenblick nicht gut, mir könnte es ebenso gehen, weil ich aus demselben Holz geschnitzt bin – aber! Aber was? Aber im Augenblick geht es mir besser als ihm. Wandeln wir ein bisschen ab: Ich bin besser dran als er. Wandeln wir noch einmal ab: Ich bin besser als er. Jedenfalls solange ich ihn für bemitleidenswert halte und auch tatsächlich bemitleide. Solange schätze ich ihn geringer. Und ich denke mir: Dafür brauche ich mich nicht zu rechtfertigen, denn so würde jeder in einer ähnlichen Lage empfinden, er auch. So ist der Mensch eben. Außerdem – ich folge Ralph Waldo Emerson – gebe ich meinem des Mitleids bedürftigen Freund, eben indem ich ihn geringschätze, die Gelegenheit – ich wandle das Zitat von Emerson auf meinen Freund gemünzt um –, »mich zu lieben und durch seine Zuneigung zu neuen Höhen emporzusteigen«. Aus meiner Herablassung wird seine Erhöhung.

Außerdem können sich die Zeiten ändern, das Blatt kann sich wenden, und schon liege ich unten, und er schaut auf mich herab und schätzt mich geringer, womit dann wiederum er mir die Gnade erweist, die ich ihm zuvor erwiesen habe, nämlich ihn zu lieben, und ich bin an der Reihe, in neue Höhen emporzusteigen. Und das Ganze klingt ja auch viel bombastischer, als es sich im normalen alltäglichen Leben abspielt. Es ist ja nicht so, dass der Freund und ich einmal König, einmal Bettler sind, einmal Sieger, einmal Besiegter, einmal alles, einmal nichts; es ist ja nicht so, dass Mitleid als Affekt nur anspringt, wenn es ums Äußerste, um Leben und Tod, geht. Nein, dieses Spiel – nennen wir es ein Spiel – wird in einer Freundschaft permanent gespielt, und meistens geht es um klitzekleine Einsätze. Die Erhöhungen und Erniedrigungen können innerhalb eines Gesprächs von Satz zu Satz, von Wort zu Wort wechseln. Ob ich der Bemitleidende bin oder der, dem Mitleid gewährt wird, hängt von winzigsten Dingen ab, oft von Ungesagtem, vom Heben einer Augenbraue, vom Zucken eines Mundwinkels, von Nuancen der Betonung, einmal bin ich der Unterlegene, einmal ist er es, einmal bin ich der, der geringschätzt, einmal ist er es. Wenn wir lügen – das wurde statistisch erhoben –, so zumeist, um jemanden nicht zu kränken, also aus Mitleid.

Ich glaube, Emerson hat recht. Im Mikrokosmos unserer Signalsysteme hat er recht. Ein Gespräch ist ein gegenseitiges Sich-Erheben und -Erniedrigen im Gefolge eines sehr schnell ablaufenden Kampfes um Mitleid und Gnade, um Erhöhung und Herabsetzung, um Liebe und Geringschätzung, um Ästimieren und Verachten. So schnell und in so winzigen Einheiten läuft dieser Prozess ab, dass wir ihn nur selten überhaupt spüren und uns seine Mechanik manchmal erst bewusstwird, wenn wir uns das Gespräch ins Gedächtnis rufen und es in der Erinnerung gleichsam in Zeitlupe noch einmal vor Augen und Ohren führen.

* * *

Aber weiter: Der Freund, wenn er ein wahrer Freund ist, so behauptet Emerson, macht mich auf meine Unvollkommenheiten aufmerksam. – Das wäre das Erste, was mir zu meinem Freund einfällt? Nicht, dass wir gemeinsame Erinnerungen haben, nicht, dass wir an den gleichen Dingen interessiert sind, dass wir einen ähnlichen Musikgeschmack haben, dass wir dieselben Philosophen schätzen? Nein, ich bin zuerst – und wer weiß, vielleicht ausschließlich – darauf aus, über ihn meine eigene Minderwertigkeit zu erfahren. Ich will wissen, woran es mir mangelt. Und er? Er dient mir als Spiegel. Er schaut von oben auf mich herab und bestätigt. Bestätigt mir generell, dass ich minderwertig bin. Woran es bei mir im Besonderen fehlt, muss ich selber herauskriegen. Der Freund, der wahre Freund, ist mir ein Vehikel der Selbstoptimierung.

Ist es unter solchen Auspizien sinnvoll, einen Menschen überhaupt »Freund« zu nennen? Wenn ich mit ihm durch die Stadt spaziere und wir uns beide in einem Schaufenster gespiegelt sehen, können wir dann sagen: Die da sind ein *Wir*? Gewiss nicht. Wir werden sagen: Der da ist der da, und jener da ist jener da. Ich bin ich, und er ist er. Fertig.

Aristoteles soll ausgerufen haben: »O Freunde, es gibt keinen Freund!«

* * *

Was müsste der »Freund« – den ich nun besser in Anführungszeichen setze –, was müsste er tun, um in *mein Wir* aufgenommen zu werden? Was müsste ich tun, um in *sein Wir* aufgenommen zu werden? Könnten wir beide überhaupt etwas tun, um dieses Ziel zu erreichen? Wie ist es Aristoteles gelungen, diejenigen, denen er zuruft, es gebe keine Freunde, als seine Freunde zu gewinnen? Oder wollte der Philosoph bloß ein Wortspiel machen? Ist ein *Wir* aller Menschen hier als Möglichkeit enthalten? *Könnte* jeder Mensch – Konjunktiv II! – in mein *Wir* aufgenommen werden und ich in seines? Können wir ein *Wir* wollen? Oder können wir das nicht? Oder ist *Wir* gegeben, von Natur gegeben, und derjenige, den wir im *Wir* antreffen, ob wir ihn leiden mögen oder verabscheuen oder für einen Dummkopf halten, derjenige bleibt, was er ist und immer war, nämlich einer von *uns*? Ist *Wir* eine Sache der Kultur oder der Natur? – Fragen über Fragen …

Emerson serviert Antworten und spart sich die Fragen. Die Fragen soll der Leser stellen. Bei Emerson wird die übliche Lektüre-Richtung umgedreht. Erst die Antwort, dann die Frage, der Autor antwortet, der Leser fragt. Emerson liest man in erster Linie nicht, um Antworten zu bekommen, sondern um die richtigen Fragen zu seinen Antworten zu finden. Durch jeden seiner Sätze zieht ein Hauch von Geringschätzung, Geringschätzung seinem Leser gegenüber, eine zärtliche Geringschätzung allerdings. Insofern ist er nach seiner eigenen Definition der ideale Freund, zu dem ich aufblicken kann, den ich lieben kann, der es mir mittels seiner Geringschätzung und meiner Zuneigung ermöglicht, zu neuen Höhen emporzusteigen. Bis ich?

Bis ich mich über ihn erheben kann? Will ich das überhaupt? Ja, das will ich. Wenn Sie bisher den Eindruck gewonnen haben, ich machte mich in den vorangegangenen Absätzen ein wenig lustig über Ralph Waldo Emerson, so werten Sie den kleinen Spaß bitte als meinen Versuch, mich über ihn zu erheben, ihn ein klein wenig, gleichsam in homöopathischen Dosen, geringzuschätzen, *um ihn mir als Freund zu erhalten.*

Wer Ralph Waldo Emerson kennt, aber nicht im literarischen Herzen trägt, wer ihn nicht allzu hoch schätzt oder womöglich gar nicht schätzt oder nicht ernst nimmt und als halbreligiösen, veralteten Spinner abtut, der wird ihn nicht für sich gewinnen und wohl auch nie ernst nehmen, und lieben wird er ihn schon gar nicht. Wer diesen Essayisten und Philosophen noch nicht kennt und bereit ist, ihm offenen Herzens zu begegnen, der darf sich beneiden lassen – von mir auf jeden Fall –, denn er hat, wenn er sich auf ihn einlässt, ein großes Leseabenteuer vor sich, und vielleicht wird er – wie ich – einen Freund gewinnen.

Aus dem Leben dieses Freundes, der mich nun schon seit bald vierzig Jahren begleitet – meine Zweifel waren nur kurze Pausen zwischen meinen Begeisterungen –, möchte ich in einer weiteren Abschweifung erzählen. Denn ich zähle ihn zu meinem *Wir*. Und *Wir* ist ja unser Thema.

* * *

Ralph Waldo Emerson wurde 1803 in Boston, Massachusetts, geboren, er war eines von acht Kindern, sein Vater war Pastor. Obwohl Emerson erst acht Jahre alt war, als sein Vater starb, prägte dessen religiöse Ausrichtung seine Weltanschauung bis zu seinem Tod. Der Vater war Unitarier, das heißt, er lehnte die Dreifaltigkeitslehre ebenso ab wie die Göttlichkeit Jesu. Es gibt keine göttliche Familie – »Höre, Israel, der Herr ist unser Gott, der Herr ist einer!«, so steht es geschrieben im 5. Buch Mose, dem Deuteronomium. Die gesamte Menschheit gehört zum unmittelbaren *Wir* Gottes. *Wir alle sind Kinder Gottes.* Wir benötigen keinen Vermittler. Eine Unterteilung in andere *Wirs* – wir Amerikaner, wir Christen, wir Weiße, wir Reiche, wir Arme, wir Kluge, wir Dumme, wir Schriftsteller, wir Philosophen, wir Österreicher – ist Unsinn, ein gefährlicher Unsinn. Die Unitarier machten gegen Rassendiskriminierung mobil, setzten sich für Schwarze und Indigene ein, später öffneten sie sich gegenüber anderen Glaubensgemeinschaften, schließlich auch gegenüber Agnostikern und Atheisten.

Emerson studierte in Harvard Theologie, ließ sich wie sein Vater zum Pastor ausbilden und heiratete und predigte. Der Tod seiner Frau, zwei Jahre nach der Hochzeit, erschütterte ihn so tief, dass er seinen Lebensplan aufgab, sich von der traditionellen Theologie abwandte, Amerika verließ und durch Europa reiste. Von da an befasste er sich mit Philosophie, mit dem deutschen Idealismus, vornehmlich mit Kant, Hegel und Schelling, interessierte sich aber auch für indische Philosophie, für Brahmanismus, Jainismus, Buddhismus, für die Erkenntnistheorie des Nyaya und die

Naturphilosophie des Vaisheshika. In England lernte er den schottischen Historiker Thomas Carlyle kennen, wandte sich aber bald von ihm ab, Carlyles Fanatismus und Rassismus waren ihm zuwider. Er traf mit den Dichtern William Wordsworth und Samuel Taylor Coleridge zusammen, deren lyrisches Werk ihn beeindruckte, mehr aber noch die philosophischen Essays, vor allem jene von Coleridge, ihm wollte er nacheifern. Er entdeckte die Form des Essays als die seinem Denken entsprechende.

Er kehrte nach Amerika zurück und heiratete zum zweiten Mal; und er veröffentlichte sein erstes Buch – *Nature* – eine schmale Sammlung von acht Essays, eigentlich ein ausgedehnter Aufsatz in acht Kapiteln. Die berühmten ersten drei Sätze lauten: »Ein Mensch, der in die Einsamkeit gehen will, muss sich von seiner Wohnstube ebenso weit entfernen wie von der Gesellschaft. Ich bin nicht allein, während ich lese und schreibe, obschon niemand bei mir ist. Aber wenn ein Mensch allein sein will, lass ihn zu den Sternen aufblicken.« In zwölf Jahren wurden von dem Büchlein ganze 500 Stück verkauft, dann aber – auf einmal – wurde es zu einem Bestseller. Die gleichen Leser, die sich von Henry David Thoreau und seinem Buch *Walden oder Leben in den Wäldern* begeistern ließen, entdeckten nun auch *Nature*. Thoreau war übrigens eine Zeitlang Emersons Sekretär. Emerson wurde zu Vorträgen eingeladen, reiste viele Jahre durch die Vereinigten Staaten, wurde zu einer Kultfigur, zog sich aber immer wieder in die Einsamkeit zurück, um zu schreiben.

Als er starb, hieß es, nur Shakespeare könne neben ihm genannt werden. Herman Grimm, Kulturhistoriker und Literaturkenner (und Sohn von Wilhelm Grimm, dem wir den unvergleichlichen Sound der Grimm'schen Märchen verdanken) schrieb in seinem Nachruf: »Emerson trug keinen offiziellen Titel für das, was er war. Die einen nennen ihn jetzt ›Essayisten‹, die anderen einen Philosophen, die dritten einen Dichter, manche auch alles Dreies zusammen. Wieder anderen genügt das nicht, sie sagen, Emerson sei ein Prophet gewesen. Darin stimmt man heute wohl überein: dass Emerson einer der größten Männer war, die Amerika hervorgebracht habe.«

* * *

Vieles unterscheidet Ralph Waldo Emerson von meinem anderen Freund, von Michel de Montaigne: Montaigne – wenn überhaupt – stellt Fragen, Antworten misstraut er. Montaigne ist der Frager schlechthin, der Frager, der von seinem Leser nicht unbedingt eine Antwort erwartet, wohl eher weitere Fragen, über die sie sich gemeinsam beugen können. Auch ihn möchte ich gern zu meinen Freunden zählen. Und wenn Sie mich fragen, mit wem ich lieber einen Abend verbringen würde, mit Emerson oder Montaigne, natürlich mit letzterem.

Wenn ich dieses kindliche – ich hoffe nicht, kindische – Spiel weitertreiben darf: Wie wäre es, mit den beiden gemeinsam zu Abend zu essen? Würden sich Ralph Waldo Emerson und Michael de Montaigne verstehen? Wäre ich um zwei Drittel jünger, als ich es jetzt bin, ich wünschte mir, die beiden würden um meine Aufmerksamkeit, meine Begeisterung, meine Freundschaft, meine Seele kämpfen – wie Settembrini und Naphta um Hans Castorp in *Der Zauberberg* von Thomas Mann. Emerson wäre Naphta, der strenge, zum Dogmatismus neigende, charismatische Lehrer; Montaigne wäre Settembrini, der aufgeklärte, charmante Freund des Individuums, der Verständnisvolle, Verspielte, Nachsichtige. Intellektuellem Charisma gegenüber wurde ich als junger Mensch schwach, das gebe ich zu; endgültige Mitteilungen aus einer transzendenten Ideenschmiede begeisterten und schüchterten mich gleichermaßen ein; gegen das zu argumentieren, was als ein Ewiges auftritt, traute ich mir nicht zu, nicht weil ich fürchtete, mich lächerlich zu machen, sondern weil ich Angst hatte, aus dem Ewigen verstoßen zu werden. Vor Emerson hätte ich mich gefürchtet – vor seinem Blick, vor seinen Erwartungen, welche Fragen mir zu seinen Antworten einfallen.

Zugleich zweifle ich, ob mir Montaigne gegen Emerson beistehen würde. Ich denke, er würde nicht. Er würde es als Herabsetzung meiner Person begreifen, er hätte Zutrauen zu mir. Er würde mir aufmerksam zusehen und zuhören, wie ich mich winde und blamiere. »Das Besondere unseres Menschseins«, würde er mir hinterher sagen, wenn wir allein wären und ich mich vor ihm würde rechtfertigen wollen, »besteht darin, dass wir zugleich des Lachens fähige und lächerliche Wesen sind.« Meinen Trost würde ich aus dem »wir«, einem kleinen wir, beziehen, das ich aber keinesfalls mit dem großen *Wir* verwechseln dürfte. Dass sich Montaigne selbst zu den des Lachens fähigen und zugleich lächerlichen Wesen zählt, heißt noch lange nicht, dass wir eine *Wir*-Gemeinschaft bilden, noch lange nicht. »In der Freundschaft, von der ich spreche«, definiert er dieses *Wir*, »mischen und vereinigen (die Freunde) sich in dermaßen völliger Verschmelzung, dass sie ineinander aufgehen und die Naht, die sie verbindet, nicht mehr finden.« Montaigne hat diesen Freund in seinem Leben gefunden. »Wenn man in mich dringt zu sagen, warum ich ihn liebte, so fühle ich, dass sich dieses nicht aussprechen lässt, ich antworte denn: Weil er er war; weil ich ich war.« Von dieser Freundschaft werde ich noch erzählen.

Naphta und Settembrini, das sind zwei antagonistische Angebote – Charisma gegen Charme. Der junge Mensch erliegt dem Charisma. Weil er noch so wenig Leben gelebt hat, zu wenig, wie er glaubt, um daraus eine eigene Idee zu formen, wendet er sich dem Charismatiker zu, der ihm eine feste Idee anbietet; und sei es, dass diese Idee allein in seiner Person besteht, dann erhöht sich der Charismatiker zum Guru. Vom Charismatiker wird nachgerade verlangt, dass er auf den anderen herabblickt und ihn geringschätzt, so gering, dass er es nicht einmal für nötig hält, ihm seine Pläne, seine Ziele, seine Gedanken mitzuteilen. Das *Wir* des Charismatikers, des Gurus, sind die Jünger; ein *Wir*, in dem das Ich aufgeht – aber ganz anders, als Montaigne seine Freundschaft zu Étienne de la Boétie beschrieben hat, in der das Ich beider nicht nur erhalten blieb, sondern zu sich selbst gefunden hat. Der amerikanische Literaturwissenschaftler Harold Bloom meint in der Literatur nur zwei Charismatiker entdecken zu können, nämlich Hamlet und Jesus aus dem Matthäusevangelium. Die Jünger Jesu, die Apostel, ebenso die Freunde Hamlets, Rosenkranz und Güldenstern, kennen sich in ihrer Freundschaft und Gefolgschaft nicht aus, sie sind ratlos, werden auf unberechenbare Weise angezogen und abgestoßen, sie sind verwirrt – sind ihrem Charismatiker ausgeliefert, löschen ihr eigenes Ich in Gegenwart seiner Person aus, existieren neben ihm nicht mehr.

Der Charme dagegen wirbt nicht; er weiß, er hat Werbung nicht nötig. Ihm fliegen die Herzen zu. Man kann sich einem charmanten Menschen schwer entziehen, aber man kann. Der Charme gewährt Freiheit. Der Charme bietet keine Idee an. Er ist, wie er ist, und zielt auf nichts. Freilich, er kann eingesetzt werden, um ein Ziel zu erreichen. Aber ein Mensch, der nur aus Berechnung charmant ist und nicht in seinem ganzen Wesen, nein, so einer existiert nicht, er wäre ein Paradoxon. Vielleicht hat einer gelernt, Charme zu spielen, aber er würde bald durchschaut, nicht erst nach seiner fünften, sechsten, siebten oder achten Vorführung. Settembrini ist charmant, Hans Castorp kann ihm entkommen, allein deshalb schon, weil er nie von ihm eingefangen wurde. Naphta entkommt er nicht. Naphta zwingt. Er beherrscht. In einer der erschütterndsten Szenen des Romans kommt es zum Duell zwischen Charisma und Charme, zwischen Naphta und Settembrini. Settembrini will dieses Duell nicht, als aufgeklärter Mann ist ihm diese Art von Auseinandersetzung fremd und zutiefst zuwider. Er gibt einen Schuss ab, aber in die Luft. Damit hat er dem Charismatiker die Aura entrissen. Naphta hebt die Pistole – und ich denke, Thomas Mann wusste in diesem Augenblick, in diesem Halbsatz noch nicht, was gleich folgen würde –, richtet die Waffe aber nicht auf seinen Kontrahenten, sondern schießt sich selbst eine Kugel in den Kopf.

Montaigne ist charmant; aus jeder Seite seiner Essays rekonstruieren wir das Wesen seiner Person, und wir freuen uns über ihn. Er hält uns auf Distanz, das ist gut, er lädt uns nicht ein, Teil seines *Wir* zu werden, und schon gar nicht zwingt er uns dazu. Er gibt uns weder Ratschläge, noch behauptet er auch nur ein einziges Mal, die Wahrheit zu kennen. Er hielt sich aus den Religionskriegen seiner Zeit heraus, was ihm nur insofern gelang, als er keiner Seite recht gab, weder den Katholiken noch den Hugenotten; der Krieg aber ließ es nicht zu, sich herauszuhalten, er tobte bis an die Mauern des Schlosses Montaigne in der Nähe von Saint-Émilion. »Ich ziehe mich ein und ducke mich in meine Haut«, schrieb Montaigne. Von seinem Vorbild, dem Philosophen und ersten Skeptiker Pyrrhon von Elis, der von 360 bis 270 vor Christus lebte, hatte er gelernt, »dass es keinen Grund gibt, der nicht einen Gegengrund hat«. Wahrheiten im Reich der Ideen gibt es nicht, das ist pyrrhonische Philosophie. Montaigne blieb bis zu seinem Tod Katholik, aber er konnte sich in einen Hugenotten gut hineinversetzen; er könne, schreibt er, »jederzeit ein anderer werden, nicht nur äußerlich, sondern auch inneren Sinnes«. Die sogenannten Wahrheiten schrumpfen zu Meinungen. »Ich befasse mich nicht damit zu sagen, was man in der Welt tun soll, es befassen sich andere genug damit, sondern was ich darin tue.« Auf seiner – obligatorischen – Italienreise besuchte er Rom, legte dort der päpstlichen Zensur einige seiner Essays vor, nahm demütig eine Rüge entgegen und versprach, Begriffe wie »Schicksal« und »Zufall«, die nicht mit dem Glauben vereinbar seien, gegen »Vorherbestimmung« und »Gnade« auszutauschen und vor allem die kirchenkritischen Stellen zu streichen; hielt sich aber nicht daran, im Gegenteil, als er wieder zu Hause war, verschärfte er den Ton sogar. Seine Bescheidenheit könnte einem manchmal unheimlich werden, wenn er uns nicht auch von seinen Schwächen offen berichtete. Eine dieser Schwächen ist seine Eitelkeit, eine zugegebenermaßen oft unappetitliche Eigenschaft, aber nur dann, wenn sie ohne Charme daherkommt. Bei Montaigne wird sogar Eitelkeit liebenswürdig. So erzählt er und beschreibt haarklein, wie er in Rom zusammen mit einer Gruppe aus Frankreich zu einer Audienz bei Papst Gregor XIII. geladen worden sei und der Pontifex sich von jedem einzelnen den Fuß habe küssen lassen, dass er aber, als Montaigne drankam, den Pantoffel ein wenig angehoben und damit ihn, Montaigne, sichtbar vor den anderen erhöht habe. Eitelkeit mit Charme – gibt es das? Ja, dieses Rezept erzeugt eine einzigartige Ironie; aber nur, wenn Montaigne der Koch ist. Nach dem Papstbesuch notierte er: »Auf dem höchsten Thron der Welt sitzen wir doch nur auf unserem Hintern.«

Gefallen hat der katholischen Kirche dieser Katholik nicht, allein deshalb schon nicht, weil er ein toleranter Katholik war, was damals einem hölzernen Eisen gleichkam. Seine Beliebtheit und sein Ruf, ein Unbestechlicher zu sein, einer, der die Wahrheit auf gütige Art und Weise sagt, waren allerdings so mächtig, schon vor seinem Tod, danach erst recht, dass die römische Inquisition über achtzig Jahre wartete, ehe sie die Schriften des Michel de Montaigne auf den *Index Librorum Prohibitorum* setzte.

* * *

Emerson dagegen. – In ihm begegnet uns ein moderner Sokrates. Aber ein umgedrehter Sokrates.

Der Protagonist der Dialoge Platons war mir immer unangenehm, schon in der Schule, als wir im Griechisch-Unterricht aus dem *Phaidon*, dem *Symposion* und dem *Kriton* übersetzten oder Auszüge aus der *Apologie* des Xenophon. Auch vor einem Gespräch mit Sokrates würde ich mich fürchten. Nicht weil er mich wie Emerson durch seine Geringschätzung erhöhen will. Sondern weil er hinterhältig ist. Weil er mir Fallen stellt. Er tut so, als ob er der Frager wäre. Er ist es aber nicht. Am Ende jedes platonischen Dialogs wissen wir: Sokrates war auf seine Antworten nicht erst durch das Gespräch gekommen, das wir soeben gelesen haben, also durch einen fairen Austausch der Argumente unter Gleichen; nein, er wusste die Antworten von vornherein. Und wir wussten, dass er wusste. Er hat uns gezwungen, so zu tun, als wären wir diejenigen, die auf seine Fragen antworteten. Er ist die Hebamme, wird uns gesagt, die durch Fragen die Wahrheit zur Welt bringt. Er versichert uns, dass er weiß, dass er nichts weiß. Aber es ist nur ein Spiel. Koketterie. Und er zwingt uns, sein Spiel mitzuspielen. Alle unsere Antworten waren entweder falsch oder zwangsläufig richtig, weil er seine Fragen so formulierte, dass nur *eine* Antwort möglich war, vorausgesetzt, wir haben alle Tassen im Schrank und behaupten nicht, dass die Sonne am Morgen im Westen aufgeht und die Erde eine Scheibe ist. Unsere Teilnahme am Dialog hatte keinen Sinn, sondern einen Zweck. Nämlich den Zweck, die vorgefasste Antwort des Sokrates zu bestätigen, indem wir durch unsere Zustimmung mithalfen, Glied für Glied die Kette seiner Argumentation zu schmieden.

Eine Frage ist doch nur dann eine wirkliche Frage, wenn der Frager die Antwort nicht weiß. Wenn beide, der Frager und der Befragte, die Antwort wissen und wenn das von vornherein beiden klar ist, dann sprechen wir von einer rhetorischen Frage. Eine rhetorische Frage aber ist keine Frage, sondern eine in eine Frage gekleidete Feststellung. Wenn hingegen der Frager die Antwort kennt, er aber wissen will, ob der Befragte sie ebenfalls kennt, so haben wir es wieder nicht mit einer Frage, sondern mit einer Prüfung zu tun – oder mit einem Verhör. In allen drei Fällen – rhetorische Frage, Prüfung, Verhör – verwenden wir zwar den Begriff *Frage*, er hat aber jedes Mal eine andere Bedeutung. Wenn wir diese Tatsache verschleiern und so tun, als hätten wir es mit derselben Semantik zu tun, manipulieren wir. Sokrates manipuliert uns. Er hätte uns genauso gut einen Vortrag in stocksteifen Thesen halten können. Aber dann wären wir nicht Zeugen der Wahrheitsfindung, nicht Beteiligte der Hervorbringung der Wahrheit gewesen. Dann hätten wir mit der Schulter zucken und sagen können: Na und? Es sind deine Thesen, was gehen sie mich an! Das können wir nun nicht mehr. Er hat uns gezwungen, Statisten zu sein in seinem Theaterstück, wir spielten die Zeugen und die Beteiligten, die,

die mit dem Kopf nicken. Und wussten es nicht. Oder wussten es doch und wollten es nicht wissen.

* * *

Sokrates geht es um die Wahrheit, Montaigne geht es um den Menschen. Wer meint, das laufe letztlich auf dasselbe hinaus, der hat bereits der Wahrheit den Vorzug gegeben. Ich glaube, für die Poesie ist er verloren. Und nicht nur für die Poesie. Wo landen wir, wenn wir eine Idee dem lebendigen Fleisch vorziehen? Und was ist die Wahrheit anderes als eine Idee?

Für Montaigne kann nichts über dem Menschen stehen, über dem Menschen in seiner Niedrigkeit, seiner Zwergenhaftigkeit, seiner Niedertracht, aber auch seinem Streben nach Glück, seiner Nachgiebigkeit gegenüber der Schwäche, seiner großen Fähigkeit zur Freundschaft. Die Thesen des Sokrates sind klar und eindeutig und in sich widerspruchsfrei; es wird definiert und festgeschrieben; sogar die Spekulationen Platons, seine erfundenen, oft mehr als merkwürdigen Mythen haben den Hautgout von Doktrinen. Montaigne dagegen ist manchmal verwirrt – wie wir es sind. Er tut nie so, als ob, er führt uns nicht an der Nase herum, er manipuliert uns nicht. Er definiert nicht unsere Schwäche, er zeigt uns die seine. Seine Überlegungen sind manchmal nicht schlüssig – wie auch unsere Überlegungen. Manchmal kapituliert er vor dem Rätsel – wie wir auch. Manchmal amüsiert er sich an Kalauern – wie wir auch. Manchmal spricht er die ungehörigsten Gedanken aus – ich erinnere an seinen Essay über das Phänomen, dass Sex mit Frauen, die hässlich oder verkrüppelt sind, einen ganz besonderen Reiz haben kann, weil sie mehr zur Hingabe fähig wären als die bewunderten, schönen, von allen umschwärmten. Wir ahnen, dass Sex und Verzweiflung zu einer Lust sich steigern können, die für eine Verbindung von Glück, Laszivität, Jugendlichkeit und äußerem Glanz unerreichbar ist. Wenn Montaigne zugibt, dass er sich von dem einen oder anderen Vorurteil nicht lösen kann, dann wissen wir, er schreibt das nicht, um sich uns, denen es ähnlich geht, anzubiedern. Wenn er sich als ein Unwissender preisgibt, dann dürfen wir darauf vertrauen, dass er uns seine Unwissenheit nicht vorspielt. Etwas vorzuspielen wäre eine Art von Geringschätzung. Montaigne schätzt nicht gering. Niemanden. Er, der Zeitgenosse von Shakespeare und Cervantes, weiß, dass er mehr weiß als wir; aber aus dieser Tatsache folgt für ihn kein Recht, sich über uns zu erheben, nicht einmal das Recht, uns zu belehren. Deshalb eignet sich Michel de Montaigne nicht zum Freund Emerson'scher Prägung. Und ich glaube, ein Abendessen zu dritt würde ein Reinfall werden – ein Abendessen mit dem einen oder dem anderen dagegen jeweils ein besonderes Fest.

* * *

Wenn wir Emerson folgen, werden wir irgendwann ahnen, dass ein *Wir* willentlich nicht hergestellt werden kann. Denn wenn der »Freund« und ich einander auf Augenhöhe begegnen, er also nicht über mir steht, würde sich, so erfahren wir, meine Eigenliebe unaufhörlich gegen ihn empören und seine Eigenliebe gegen mich. Über kurz oder lang würden wir uns ineinander verkeilen. Die Freundschaft wäre von Anfang an vergällt durch Eifersucht, Konkurrenz, Gekränktheit, Neid und Missgunst, schließlich durch Verachtung und Hass. Wir wären keine Freunde mehr, sondern Feinde.

Apropos Feinde: Ist es ausgeschlossen, dass ein Feind, ohne dass er zuvor seine Feindseligkeit mir gegenüber abgelegt hat, Teil meines *Wir* werden kann? Dass ich in einer *Wir*-Gemeinschaft mit meinem Feind stehe? Ich erinnere mich an ein Micky-Maus-Heft, in dem eine Folge der Serie *Großer böser Wolf* erzählt wird. Dieser Ede Wolf geht aufrecht, er hat eine lange rote Zunge, ein schwarzes Fell, weiße Pfoten und Hände und ein weißes Gesicht, er trägt eine blaue Hose nur an einem Hosenträger und auf dem Kopf einen verbeulten Zylinder. Sein Sohn heißt Wölfchen, er sieht aus wie sein Vater, ist nur kleiner und ein bisschen pummeliger, statt Blau trägt er Rot – und er ist ein Lieber. Seine Freunde sind drei Schweinchen, ausgerechnet jene, denen sein Vater durch alle Geschichten hindurch hinterherhetzt, um sie endlich zu fressen. Was ihm nie gelingt. Wofür unter anderem auch sein Sohn sorgt. Zwei der Schweinchen sind dumm, eines ist schlau und wird auch so genannt: Schweinchen Schlau. In der Folge, die ich meine, erwischt Ede die drei, fesselt sie und steckt sie in einen Kessel mit Wasser und facht darunter Feuer an. Er will sie kochen und fressen. Endlich! Niemand ist da, der den Schweinchen helfen könnte. In dieser aussichtslosen Lage kommt Schweinchen Schlau eine wahrhaft geniale Idee. »Was wirst du tun, wenn du uns gefressen hast?«, fragt es den großen bösen Wolf. »Was wird dann der Sinn deines Lebens sein?« Ede Wolf braucht nicht lange nachzudenken, er lässt die Schweinchen frei, gönnt ihnen einen Vorsprung und hetzt hinter ihnen her – und so wird es bleiben, bis Disney die Serie eines Tages einstellt. Ohne die Schweinchen zu jagen, hätte das Leben des Wolfs keinen Sinn. Das weiß er. Und die Schweinchen wissen, jedenfalls Schweinchen Schlau weiß, ohne dem Wolf dauernd davonzulaufen, hätte auch ihr Leben keinen Sinn. Der Wolf und die Schweinchen sind ein *Wir*, sie sind einander in Feindschaft verbunden. Das kleine liebe Wölfchen ist aus diesem *Wir* ausgeschlossen, für Sohn und Freund hat dieses *Wir* keinen Platz.

Denn wie der Jäger den Hasen jagt
in Kälte und Hitze, über Berg und Tal:
So achtet er ihn nicht, ist er erst erlegt.
Nur hinter dem Fliehenden jagt er her.

(Ein Vers des Ariost – ich zitiere ihn, in der Manier von Montaigne, als Kommentar zu der Geschichte vom großen bösen Wolf.)

Die erstaunliche Verbindung der Schweinchen mit dem großen bösen Wolf hat seit 1973 einen Namen, man nennt sie *Stockholm-Syndrom*. Der Begriff verweist auf die Geiselnahme in einer schwedischen Bank, die sich über 130 Stunden hinzog und während der die Geiseln in ihrer Todesangst eine merkwürdige psychische Wandlung durchmachten, sich nämlich mit den Geiselnehmern verbündeten, sie sogar liebten, wie sie später angaben. Dies ist ein *Wir*, das uns unheimlich ist; wir müssen uns überwinden, uns damit zu beschäftigen, weil wir uns solche Erniedrigung nicht vorstellen *wollen*, eben weil wir sie uns auch am eigenen Leib vorstellen *können*.

* * *

Aber: Wenn wir Emerson folgen – und er ist ein so kluger, weltgewandter, gütiger Führer, ein so strenger Schwarmgeist, ein so gottergebener Aufklärer, ein Poet, ein Zauberer, ja, ein Prophet, ein Philanthrop, ein so unbestechlicher Denker ist er, dass wir unsere Einwände sehr genau prüfen sollten, ehe wir sie gegen ihn ins Feld führen –, also wenn wir Emerson gnadenlos ernst nehmen, werden wir bald nicht nur ahnen, sondern uns damit abfinden müssen, dass ein *Wir* entweder gegeben ist oder nicht ist. Dass ein *Wir* vielleicht gewollt, aber nicht geschaffen werden kann. Dass *Wir* gar nicht eine Sache des Willens, sondern der Natur ist.

Hat er damit recht? Die Antwort darauf enthält – so oder so – Sprengstoff.

* * *

Es gibt ein *Wir*, das aus dem Schmerz geboren wird. Wer das in seinem Leben nicht kennenlernt, der darf dies eine Gnade nennen. Dieses *Wir* ist vielleicht das stärkste, das zwei oder mehrere Menschen in ihrem Leben erfahren können. So stark kann diese Empfindung sein, dass sie über das Vermögen des Einzelnen, sie zu ertragen, hinausgeht. Dieses *Wir* haben meine Familie und ich nach dem Tod unserer Tochter Paula erfahren. Im Jahr 2003 ist Paula bei einer Bergwanderung abgestürzt. Monika und ich haben uns in den Wochen und Monaten darauf mit Menschen getroffen, die Ähnliches erlebt hatten. Wir haben über den Schmerz gesprochen. Manche Familien sind daran zerbrochen. Das *Wir* war wie eine Explosion. Wie wenn man eine brennende Ölquelle löscht, indem man sie mit Dynamit sprengt. Unsere Familie hat sich im Schmerz amalgamiert. Und Paula ist in diesem *Wir* dabei. Natürlich.

* * *

Wir sträubt sich gegen eine Objektivierung – ich glaube sogar, noch mehr als *ich*. Wenn ich *ich* sage und vorgebe, darüber nachzudenken, deute ich ja schon an, dass ich mit *ich* die gesamte Ich-sagende Gattung meine, also uns alle, den Menschen eben, der so gern ich sagt. Meinte ich mit *ich* tatsächlich nur mich, dann wäre ein Sprechen darüber von einer Erzählung, einer Ich-Erzählung, nicht zu unterscheiden. Eine theoretische Abhandlung über mich und nur über mich selbst wäre abgeschmackt, eigentlich pathologisch, von unerträglicher Eitelkeit auf jeden Fall und ohne Charme und völlig uninteressant. Nicht einmal ich würde mich dafür interessieren. Das *Wir* dagegen ist immer eine Relation, deutet immer eine Beziehung an, in die ich eingebunden bin. Das *Wir* ist ein Vexierbild, das so schnell, wie das Wort ausgesprochen ist, von objektiv zu subjektiv und wieder zurückhüpft. Ein Nachdenken über das *Wir* wird, wenn es ehrlich und ergiebig sein will, immer ein Mäandern bleiben; es gibt bei den Überlegungen zu diesem Thema kein 1., 2., 3., keinen ersten, zweiten und dritten Abschnitt, nicht einmal ein sinnvolles Unterscheiden zwischen Überbegriffen und Unterbegriffen. Wenn innerhalb des *Wir* ein *Du* auftritt, benötigt es nur eines Augenzwinkerns, um das *Du* begrifflich über das *Wir* zu erheben, und ein weiteres Zwinkern, um es wieder darunter einzuordnen.

Noch einmal fällt mir Schopenhauer ein. Ich vermutete, dass Mitleid eine nach unten gerichtete Emotion sei. *Ich bin besser dran als du.* Und wenn im Mitleid ein *Wir* entsteht, weil es den Blick so tief in die Seele des anderen freigibt wie keine andere Empfindung? Und wenn sich zwei Feinde gegenüberstehen, die einander im Mitleid erkennen? Ich weiß nicht, ob Schopenhauer, als er seine Theorie des Mitleids niederschrieb, an Homer dachte, an eine der schönsten, am tiefsten bewegenden Szenen der Weltliteratur.

Im 24. Gesang der *Ilias* wird erzählt, wie Priamos, der greise König von Troja, sich in das feindliche Lager der Griechen begibt und das Zelt des Achill betritt, um den schrecklichsten aller Feinde zu bitten, ihm den Leichnam seines Sohnes Hektor herauszugeben, damit er ihn würdig bestatten könne. Achill hat Hektor in rasendem Zorn erschlagen, weil dieser seinen liebsten Freund Patroklos im Kampf getötet hat. Siebenmal hat er den Leichnam des Hektor um die Stadt Troja geschleift, um ihn noch im Tod zu demütigen. Zwei Männer stehen im Zelt einander gegenüber, das Herz beider ist verwüstet vom Schmerz. Der eine, Priamos, ist als Vater des Hektor ursächlich für den Schmerz des anderen. Der andere, Achill, ist die Ursache für den Schmerz des Priamos. Nach allem, was wir von Homer gewohnt sind, müssen wir auf ein Blutfest aus Hass und Rache gefasst sein. Aber Homer ist einer der größten Dichter des Abendlandes, und das beweist er – wieder einmal –, indem er unsere Erwartung durchkreuzt und damit zu unserer Selbsterkenntnis und zur Erkenntnis unserer Gattung beiträgt. Beide, Achill und Priamos, wissen in diesem Augenblick, dass es niemanden auf der Welt gibt, der ihren Schmerz verstehen kann, außer: der jeweils andere. Sie sind ein *Wir* des Schmerzes. – Ich zitiere aus Wolfgang Schadewaldts Übersetzung:

Und die beiden dachten: der eine an Hektor, den männermordenden,
Und weinte häufig, zusammengekauert vor den Füßen des Achilleus,
Aber Achilleus weinte um seinen Vater, und ein andermal wieder
Um Patroklos, und ein Stöhnen erhob sich vor ihnen durch das Haus.
Doch als sich der Klage ergötzt hatte der göttliche Achilleus,

Und ihm das Verlangen gegangen war aus der Brust und aus den Gliedern,
Erhob er sich sogleich vom Stuhl und hob den Alten auf an der Hand,
Sich erbarmend des grauen Hauptes und des grauen Kinns,
Und begann und sagte zu ihm die geflügelten Worte:
»Ach, Armer! Ja, schon viel Schlimmes hast du ausgehalten in deinem Mute!
Wie hast du es gewagt, zu den Schiffen der Achaier zu kommen, allein,
Unter die Augen des Mannes, der dir viele und edle
Söhne erschlug? Von Eisen muss dir das Herz sein!
Aber komm! Setze dich auf den Stuhl, und die Schmerzen wollen wir gleichwohl
Ruhen lassen im Mut, so bekümmert wir sind,
Ist doch nichts ausgerichtet mit der schaurigen Klage.

Sicher, das ist ein Minimalprogramm an Menschlichkeit: den Schmerz im anderen zu erkennen und anzuerkennen; den Schmerz von seiner Ursache abzulösen und zu trauern.

Schopenhauer: »Wenn wir nicht durch eigene, sondern durch fremde Leiden zum Weinen bewegt werden, so geschieht dies dadurch, daß wir uns in der Phantasie lebhaft an die Stelle des Leidenden versetzen oder auch in seinem Schicksal das Los der ganzen Menschheit und folglich vor allem unser eigenes erblicken und also durch einen weiten Umweg immer doch wieder über uns selbst weinen, Mitleid mit uns selbst empfinden.«

Und das ist dann doch mehr als ein Minimalprogramm. Das ist ein fester, pragmatischer Boden für Humanität. Sicher fester ist dieser Boden als die Aufforderung des Evangeliums, den Nächsten zu lieben wie sich selbst, wo wir es doch kaum schaffen, uns selbst zu lieben. – Nebenbei: Wie kreativ Politiker sein können, wenn sie sich einerseits christlich geben, andererseits nicht auf ein Feindbild verzichten wollen, das sie für notwendig erachten, um jenes *Wir* zu erzeugen und aufrechtzuerhalten, das sie wiederum zur Durchführung ihrer Pläne brauchen. Wir haben nicht vergessen, wie einer von ihnen bei einer Wahlkundgebung mit einem Neonkreuz fuchtelte und kasuistisch zwischen dem *Nächsten* und dem Übernächsten differenzierte, Ersterer gehöre zum *Wir*, Letzterer nicht. Immerhin wurde dieser Politiker irgendwann Vizekanzler und sein Einflüsterer, der sich diese Spitzfindigkeit ausgedacht hatte, Innenminister. Und die Kumpanei endete in einem Desaster.

* * *

Ich erinnere mich, bei welcher Gelegenheit von mir erwartet wurde, dass ich mich benehme, als fühlte ich mich einem *Wir* zugehörig. Ich war vier. Meine Zeitrechnung und die meiner Schwester gehen bei dieser Erinnerung auseinander. Auch wenn ich meine Schwester in meiner ganzen Kindheit immer an meiner Seite sehe oder besser mich an ihrer, bei dieser Begebenheit sehe ich mich allein mit meiner Großmutter und einem

Mann, in dem ich nichts anderes als einen Fremden sah; den Fremden schlechthin, fremder als die Menschen, denen ich bis dahin begegnet war, die an uns vorübergingen, uns entgegenkamen, uns überholten, uns nicht bemerkten oder bemerkten, ohne sich etwas dabei zu denken.

Die Szene spielte am Bahnhof in Lindau. Meine Schwester muss dabei gewesen sein, etwas anderes ist nicht überliefert, wir waren zusammen mit unserer Großmutter aus Coburg gekommen; aber ich sehe sie nicht, und ich denke, ich habe mich nach ihr umgeschaut, sie ist eineinhalb Jahre älter als ich, und ich habe mich auf sie verlassen, und bei allem Neuen, das auf uns zukam, habe ich erst den Kopf zu ihr gedreht und dann zu meiner Großmutter. Ich dachte, zuerst gehöre ich meiner Schwester, dann meiner Oma. Dass der Mensch Eltern hatte, diese Tatsache hatte ich wohl vergessen. Und dass der Verbund mit meiner Schwester und meiner Oma ein *Wir* war, dieses Bild war bis dahin nicht denknotwendig gewesen.

Wir kamen aus Coburg in Oberfranken, damals gerade noch Westdeutschland, meine Großmutter, meine Schwester und ich, und waren auf dem Weg nach Hohenems in Vorarlberg, gerade noch Österreich. Unsere Mutter, die Tochter meiner Großmutter, war krank geworden, sehr krank, niemand hatte mit ihrem Überleben gerechnet. Nach der Geburt ihres letzten Kindes war ihr eine Ader im Kopf geplatzt, und sie war auf der linken Seite ihres Körpers gelähmt. Das Kind sei gestorben. Ich kann hier nicht anders sprechen als in der indirekten Rede. Dieses Kind – ich weiß nicht einmal sein Geschlecht – war nie mehr gewesen als ein Konjunktiv in unserer Familie, ein sehr leise ausgesprochener. Daraufhin waren meine Schwester und ich zu meiner Tante und zu meiner Großmutter nach Coburg gebracht worden, und dort waren wir über ein Jahr lang geblieben. Mein Vater hat sich nicht drüber hinausgesehen. Er war im Begriff, ein Haus zu bauen, das Haus war halb fertig, als die Katastrophe passierte. Ich weiß nicht, was seine Pläne waren für den Fall, dass seine Frau stürbe; ob er uns zu sich genommen hätte, wenn er eine andere gefunden hätte; oder ob er uns an seine Schwägerin und seine Schwiegermutter abgegeben hätte. Auf jeden Fall hat er an dem Haus in Hohenems weitergearbeitet – und weiterarbeiten lassen. Er hat selbst Hand angelegt. Als die Katastrophe passierte, war ich höchstens drei, nicht älter.

In Coburg bei unserer Tante und Großmutter vergaßen meine Schwester und ich meine Mutter und wir vergaßen auch, dass wir einen Vater hatten. Meine Schwester sagt, sie habe nichts vergessen. Sie habe immer gewusst, wer Vater und Mutter und wer Onkel und Tante seien. Aber warum hat sie dann mit mir, ihrem kleinen Bruder, im Exil nie darüber gesprochen? Kann sein, dass unsere Tante ihr geraten hatte, es nicht zu tun. Weil sie hoffte, ich vergesse meine Eltern? Ja, das glaube ich. Sie wollte mir Schmerz ersparen und sich selbst meine Fragen. Sie, unsere Tante Martha, und ihr Mann, unser Onkel Herbert, bereiteten sich darauf vor, für meine Schwester und mich Vater und Mutter zu werden. Sie selbst waren kinderlos und blieben es bis an ihr Lebensende.

Ich sagte: »Tante Martha.« Und ich sagte: »Onkel Herbert.« Ich dachte, es gibt nur Onkeln und Tanten.

Dass es Väter und Mütter gibt, wusste ich von den anderen Kindern. Für mich und meine Schwester, dachte ich, gibt es die nicht. Und was für andere Kinder gilt, das gilt eben für uns nicht. Wir lebten nicht im Verlust, wir lebten in einem anderen Zustand. Später, als ich schon in der Volksschule war und unser Vater mir zu Weihnachten ein Micky-Maus-Heft schenkte, fand ich darin solche Wesen, wie wir welche gewesen war, Wesen nämlich, die keine Eltern haben, sondern nur Onkeln und Tanten. Auch Tom Sawyer, die erste literarische Figur nach Donald Duck und Konsorten, der ich begegnete, hatte keine Eltern, nur Tante Polly, nicht einmal einen Onkel hatte er. Sein Freund Huckleberry Finn hatte überhaupt niemanden, nur einen Vater, aber dem fühlte er sich nicht zugehörig, vor dem fürchtete er sich, er nahm in Kauf, für tot erklärt zu werden, um von ihm loszukommen, er legte es sogar darauf an. Erst als ich mich auf diesen Essay vorbereitete, wurde mir klar, dass Huckleberry Finn keinem *Wir* angehört. Sogar unter den Buben Tom Sawyer und Joe Harper, mit denen zusammen er auf der Jackson-Insel im Mississippi ein Piratenleben beginnen will, ist er ein Außenseiter. Erst als er sich – im zweiten Band, der seinen Namen trägt – zusammen mit dem entflohenen *Nigger* Jim auf einem Floß über den Mississippi nach Süden treiben lässt, erfährt er ein kleines, aber doch falsches *Wir*. Huckleberry ist die vielleicht einsamste Figur der Literaturgeschichte. Das macht auch seinen Reiz aus. Er ist als Mensch ein Experiment. Ein übriggebliebener Adam. Ich wüsste gern, was aus ihm geworden ist. Seine Freundschaft mit Jim, dem Sklaven auf der Flucht, ist kein *Wir*, sondern eine Zweckgemeinschaft; Jim will in

St. Louis auf einen Dampfer steigen und über den Ohio nach Norden in die Yankee-Freiheit fahren. Außerdem: Jim ist schwarz, Huck ist weiß. Die beiden könnten Freunde sein, was verdächtig genug wäre. Zu einem *Wir* würden sie in der damaligen Zeit nicht verschmelzen können. Und seine Freundschaft mit Tom Sawyer ist ebenfalls kein *Wir*, weil diese Gemeinschaft nicht halten wird. Das weiß Huck. Tom schmückt sich mit ihm als dem Outlaw, er beneidet ihn um seine Freiheit, die er allerdings nie würde leben wollen, denn sie ist in Wahrheit nichts anderes als Bodenlosigkeit. Als Tom zu spät zur Schule kommt und der Lehrer ihn fragt, wo er war, antwortet er stolz, er habe sich mit Huckleberry Finn unterhalten, und erntet dafür Bewunderung bei seinen Mitschülern, die ihn mehr beeindruckt als die Strafe, die er dafür aufgebrummt bekommt. Sein Neid auf den kleinen Landstreicher ist vergleichbar mit dem Neid auf eine Abendrobe, mit der man für einige Stunden angeben kann. Tom wäre gerne für einige Stunden ein Outlaw gewesen, mehr nicht. Oder nicht einmal das. Er wäre gerne für ein paar Stunden für einen solchen gehalten worden. Tom steht der *american way of life* offen, wir dürfen uns ausmalen, dass er eines Tages der Präsident der Vereinigten Staaten von Amerika wird. Dieser Weg ist Huckleberry Finn verschlossen. Und auch das weiß er.

* * *

Meine Mutter wurde gesund und hat sich dann doch erholt, das heißt, ihr Leben war nicht mehr bedroht, aber gehen konnte sie nur mit Stützapparat und Krücken, und zuerst konnte sie nicht einmal das. Aber sie wollte ihre Kinder um sich haben, und deshalb sind meine Schwester und ich zusammen mit unserer Großmutter von Coburg aufgebrochen und mit dem Zug nach Österreich gefahren. Meine Tante weinte, als sie uns zum Zug brachte. Sie hatte uns in ihre Vorstellung von *Wir* integriert.

In Lindau mussten wir umsteigen, es war der letzte Bahnhof vor der Grenze. Wir gingen am Bahnsteig entlang, und da kam uns der fremde Mann entgegen. Er bückte sich, hob mich in die Luft und drückte mich an seine Wange. Die war unrasiert. Das kratzte. Der Mann war sehr dünn.

Der erste Satz, den er sagte, er sagte ihn zu meiner Großmutter, lautete: »Ich habe mir eine Olympus-Schreibmaschine gekauft.«

Der Mann war mein Vater. Er holte uns in Lindau ab. Er küsste meine Schwester und drückte meiner Großmutter die Hand. Und dann standen wir da. Einfach so. Als warteten wir auf etwas.

Dass er mich aufgelupft hatte, empfand ich als nicht gut. Gar nicht gut. Ich drehte mich weg von ihm, schaute zu meiner Schwester und zu meiner Großmutter. Ich hoffte auf Anleitung, wie ich mich verhalten sollte. Ich dachte, das darf er nicht, aber er tut es trotzdem. Und er war in diesem Augenblick der fremdeste Mensch, der mir je begegnet war.

Ich habe mir später immer wieder Gedanken darüber gemacht, warum das so war. Warum der Mann mir so fremd war. Ich denke sogar, ich habe in dieser ersten Begegnung das Fremdsein erst kennengelernt. Bis dahin hatte ich Menschen in zwei Kategorien eingeteilt: in solche, die zu uns gehörten, also meine Schwester, meine Großmutter, Tante Martha und Onkel Herbert und noch ein paar Verwandte in Coburg, und in solche, die mich nichts angingen, gar nichts. Letztere existierten, aber sie existierten in einer anderen Welt. Sie waren nicht fremd, sie waren anders. Zu dieser Welt hatte ich keinen Zugang und wünschte keinen, und die Bewohner dieser anderen Welt hatten keinen Zugang zu meiner Welt und wünschten auch keinen. Sie als Fremde zu bezeichnen, wäre so, als würde man die Möbel oder die Ampeln oder die Sterne als Fremde bezeichnen. Sie sind da, mehr ist über ihre Welt, wenn sie denn eine besitzen, nicht zu sagen.

Der Mann am Bahnsteig aber trat ein in unsere Welt. Und damit wurde er zum Fremden. Er musste erst in unsere Welt eintreten, um als Fremder und nicht bloß als ein anderer wahrgenommen zu werden. Er hatte sich Zutritt verschafft. Er war nicht eingeladen worden. Er hob mich hoch. Das war ein Akt der Okkupation. So tun Fremde. Andere heben einen nicht hoch. Die grüßen vielleicht oder fragen nach der Uhrzeit. Ich konnte mich nicht erinnern, dass je ein anderer so mit mir getan hatte. Und im selben Akt, in dem ich auf meine kindliche Weise erkannte, dass dieser Mann ein Fremder war, wurde mir nicht nur zum ersten Mal bewusst, dass es eine Beziehung zu Menschen gab, eine besondere Art von Beziehung, die ich später, wenn ich das Wort dafür hätte, als Fremdsein bezeichnen würde, sondern ich empfand auch, sah und wusste zum ersten Mal, was *Wir* bedeutete. Nämlich alles, was nicht fremd ist. Vor dem Hintergrund der Menschen, die nur andere sind, wird *Wir* nicht sichtbar, erst wenn der Fremde auftaucht. Er ist die Komplementärfarbe. Mein Vater war der Fremde, meine Schwester, meine Großmutter und ich waren *Wir*. Der Fremde, im Unterschied zum anderen, trägt den Vertrauten in sich, allein durch die Tatsache, dass er dessen Verneinung ist. Und wenn ich das Negativ sehe, errate ich das Positiv.

Meine Großmutter – wahrscheinlich auch meine Schwester – und ganz sicher mein Vater glaubten, ich müsse doch wissen, wer er sei. Sie hatten gar keinen anderen Gedanken. Natürlich stellte sich mein Vater mir nicht vor. Und meine Großmutter stellte ihn mir auch nicht vor.

Aber ich stellte mich vor. Als er mich wieder am Boden abgesetzt hatte, sagte ich und machte dabei einen Diener:

»Ich heiße Michael Köhlmeier.«

Das war mir eingebläut worden. Von meiner Großmutter und meiner Tante. Man rechnete damit, dass ich verloren gehen könnte. So lange war der Krieg noch nicht vorbei, neun Jahre. Unterwegs zu sein war für meine Großmutter, für alle Verwandten mütterlicherseits, die Deutschen in unserer Familie, mit den Wirren des Krieges verbunden. Da konnten Menschen verloren gehen. Vor allem Kinder. Ich war der Kleine. Meine Schwester, die ja nur wenig älter war als ich, die hatte auf mich aufzupassen. Dass sie verloren gehen könnte, darum sorgte man sich nicht.

Das hatte mir unsere Tante eingeschärft: »Bleib bei der Birgit, lass ihre Hand nicht los! Wenn du dich nicht mehr auskennst und keiner von uns ist da, dann gehst du zu einer Frau und sagst, dass du Michael Köhlmeier heißt und dass sie dich zur Polizei bringen soll.«

Meine Großmutter sagte: »Nein, zur Polizei soll sie ihn nicht bringen.«

Dann stritten sich meine Großmutter und meine Tante. Meine Großmutter hatte zwei Kriege miterlebt. Ihr Vertrauen in Uniformen war restlos aufgezehrt.

»Wenn keiner von uns da ist« – damit waren meine Tante, mein Onkel, meine Schwester und meine Großmutter gemeint. Diese vier wären *Wir* gewesen, wenn ich gewusst hätte, was »Wir« bedeutet. Das wusste ich aber nicht, und darüber ist nie gesprochen worden. Wahrscheinlich, weil sich meine Tante und mein Onkel doch noch nicht sicher waren, ob meine Schwester und ich zu ihnen gehörten. Wenn ich mir damals der Tragweite dieser Feststellung bewusst gewesen wäre und über entsprechende Worte verfügt hätte, würde ich wohl gesagt haben: *Ich gehöre zu meiner Schwester.* Oder gar: *Ich gehöre meiner Schwester.*

Und dann sagte der Mann am Bahnhof in Lindau, der mich an seine kratzende Wange gedrückt hatte: »Jetzt sind wir endlich wieder eine Familie.«

Und alle sahen mich an.

Und ich machte meinen Diener und wiederholte: »Ich heiße Michael Köhlmeier.«

Sicher war mein Vater enttäuscht, es kann gar nicht anders sein. Hätte mein Sohn oder meine Tochter in meiner Anwesenheit zu mir seinen oder ihren vollen Namen gesagt, und zwar, um sich mir vorzustellen, dann wäre die Welt für mich zusammengebrochen, ich hätte wahrscheinlich gedacht, ich sei ein Gespenst geworden, wahrscheinlich tot. Aber das lässt sich nicht vergleichen, nein, das lässt sich nicht vergleichen.

Jedenfalls wollte ich zu dem *Wir*, von dem mein Vater sprach, nicht gehören. Ich habe »Sie« zu meinem Vater gesagt. Auch das hat man mir beigebracht, schon sehr früh – dass ich zu einem Fremden »Sie« sagen soll. Bei jedem »Sie« sagte er: »Ich bin dein Vater.« Angeblich habe ich ihn eine ganze Woche lang gesiezt. Eine kleine Fremdheit ist zwischen uns beiden geblieben. Eine große Vertrautheit ist später zwischen uns geworden, ein anderes, ein größeres, strapazierfähigeres *Wir*. Davon werde ich noch erzählen.

* * *

»Wie oft müssen wir diese Lektion lernen!«, ruft Ralph Waldo Emerson in Schmerzen aus. »Die Menschen hören auf, uns zu interessieren, sobald wir ihre Grenzen erkennen. Die einzige Sünde ist Begrenzung. Sobald man die Grenzen eines Menschen entdeckt hat, ist es aus mit ihm. Hat er Talente? Hat er Unternehmungsgeist? Hat er Kenntnisse? Es fruchtet nichts. Grenzenlos verlockend und anziehend erschien er dir noch gestern, eine große Hoffnung, ein Meer, darin zu schwimmen; aber jetzt, da du seine Küsten entdeckt, ihn als Teich gefunden hast, kümmert es dich nicht mehr, wenn du ihn nie wiedersiehst.«

Wieder die Frage: Wie kommt ein *Wir* zustande?

Die in unser *Wir* aufgenommen sind, von denen fordern wir nicht unbedingt, dass sie uns Anerkennung entgegenbringen. Die in unser *Wir* aufgenommen sind, müssen nicht unbedingt unsere Freunde sein. Die in unser *Wir* aufgenommen sind, können sogar unsere Feinde sein.

Wir kauen noch immer an einem Satz herum. – Erinnern wir uns: »Die Süße der Natur ist Liebe«, schreibt Emerson.

Mir schaudert. Bei jedem dieser drei Begriffe schaudert mir. Schon wenn sie einzeln auftreten, schaudert mir. In einem Satz zusammen verschmelzen die Worte zu dem Fetten, an dem wir würgen. Das Süße ist die Hingabe, und Hingabe heißt zuvorderst, dass wir unseren Verstand, oder sagen wir: unsere Kritikfähigkeit, also unsere Vernunft *hingeben*. Ein Tausch. Die kühle Vernunft, die das Herz nicht nähren kann, gegen die Kuhstallwärme eines nicht zu hinterfragenden *Wir* – das ist zweifellos süß. Und ist uns nicht erklärt worden, dass der Verstand, auf dem unser Abstraktionsvermögen aufbaut, welches die Fähigkeit der Analyse voraussetzt, die das Ganze in Teile zerhackt, die zuletzt nicht mehr als Teile eines Ganzen zu erkennen sind, was zur Folge hat, dass wir uns aus der Natur, die immer und überall und ausschließlich das Ganze ist, hinauskatapultieren – ist uns nicht eingebläut worden, dass dieser gottverdammte Verstand uns in die Lieblosigkeit schickt, ins wurzellose Weltbürgertum, in dem es kein *Wir* gibt?

»Die Süße der Natur ist die Liebe.« *Wir* ist süß, *Wir* ist Liebe, *Wir* ist natürlich. – *Wir* ist Familie.

* * *

Meiner Mutter wurde am linken Bein ein Stützapparat angepasst, sie ging auf Krücken, mit ihrer linken Hand konnte sie nicht mehr zupacken. Sie hätte den Haushalt allein nicht führen können. Also kam meine Großmutter aus Deutschland und half ihr. Zusammen mit meiner Schwester und mir kam sie nach Vorarlberg. Erst glaubte man, in wenigen Monaten würde alles wieder gut sein und sie zurück nach Hause, nach Coburg fahren, ohne meine Schwester und mich. Aus den wenigen Monaten wurden sechzehn Jahre. In all dieser Zeit weigerte sich meine Großmutter, ihre Wäsche und was sie sonst noch ihr Eigen nannte, in einen Kasten zu räumen. Sie besaß zwei Koffer, einen großen und einen mittelgroßen, die deponierte sie unter ihrem Bett, sie enthielten alles, was sie über ihr naturgegebenes Sein hinaus war.

Die beiden harten Pappkoffer mit dem eingeprägten groben Leinen waren die Fixpunkte in ihrem Leben. Sie waren nicht einfach mit Wäsche, Büchern und Sonstigem gefüllt; sie waren eingerichtet mit diesen Dingen, fast wie eine Puppenstube, jedes Ding immer am gleichen Platz. Ich war ihr Liebling, manchmal setzte ich mich vor ihr Bett, dann zog sie die beiden Koffer heraus und klappte sie auseinander, und ich durfte mir das Innere ansehen. Nur ansehen. Angreifen durfte ich nichts. Die Wäsche duftete nach Lavendel, nach Karamell und Schokolade. Meine Großmutter besaß drei Bücher: die Bibel, *Das hölzerne Hampelchen*, das war eine deutsche Version von *Pinocchio*, und einen Band mit ausgewählten und für Kinder bearbeiteten Märchen von den Brüdern Grimm, Hans Christian Andersen, Ludwig Bechstein und Wilhelm Hauff. Die Bücher waren in einer Ecke des großen Koffers über einem Depot mit Süßigkeiten gestapelt, rechts eingepolstert von zwei Nachthemden, links von sorgsam gerollter Unterwäsche. Weiters befand sich in dem Koffer ein Erste-Hilfe-Kästchen aus Blech, der Pass meiner Großmutter in einer Seitentasche, die gar nicht so leicht zu entdecken war und gar nicht so leicht entdeckt werden sollte, und ein gläserner Flachmann mit Cognac, für alle Fälle, das Fläschchen wurde in den sechzehn Jahren vielleicht dreimal nachgefüllt. Der übrige Raum war mit Strümpfen, Hemdchen, Pullovern und Jäckchen ausgelegt. Ich dachte mir, wenn ich der Däumling wäre, ich würde hier mein Häuschen einrichten, ich würde mich zwischen die Nachthemden meiner Großmutter legen und selig schlafen. Im kleineren Koffer lagen unter Kleidern, Röcken und Jacken, getrennt durch einen Schal, verschiedene Erinnerungsstücke, die ich allesamt nicht zu deuten wusste, Briefe, Landkarten, Fotos, Kofferaufkleber, gepresste Blumen und ein Taschenkalender aus dem Jahr 1927, den ich nach dem Tod meiner Großmutter erbte. Auch dieser Koffer hatte an einer Seite eine Art Geheimfach, darin steckte ein schmales Kuvert, in dem befand sich, was meine Großmutter »meine eiserne Reserve« nannte; das waren in Scheinen: dreihundert D-Mark, zweitausend Schilling, hundert Schweizer Franken und fünf Zwanzig-Dollar-Scheine. Sie erlaubte mir, das Geld zu zählen.

Wem fühlte sich meine Großmutter zugehörig? Sie hatte zwei Weltkriege erlebt, eine Zeit dazwischen, in der alle Illusionen, Hoffnungen und aller Glaube zerrieben worden waren, dann nach dem Krieg eine Währungsreform, die ihr das Letzte nahm, was noch geblieben war. Rechnete sich meine Großmutter zu unserer Familie? Sie sagte oft: »Ihr.« Damit meinte sie meine Familie, Vater, Mutter, meine Schwester und mich. Was aber meinte sie, wenn sie »Wir« sagte? – Ich muss nachdenken. – »Wir Deutsche.« Das aber hieß: »Wir Deutsche vor dem Krieg.« Vor welchem Krieg? Dem ersten oder dem zweiten? Ich glaube, vor dem zweiten. Nach dem Ersten Weltkrieg waren die deutschen Städte noch heil. Nach dem Zweiten Weltkrieg nicht mehr.

Ich war schon einige Male in Hannover, und einmal führte mich ein Freund ins neue Rathaus. Was er mir dort zeigte, hat mich tief beeindruckt. Im Foyer stehen vier Modelle der Stadt. Jedes ist fünfeinhalb mal viereinhalb Meter groß. Das erste zeigt die Stadt im Jahr 1689, das zweite im Jahr 1939, das dritte 1945, das vierte heute. Die Modelle sind in bewundernswerter Sorgfalt ausgearbeitet; kleinste Details wie Dachvorsprünge, Fensterumkleidungen, Giebelverzierungen, Stiegenaufgänge sind gedrechselt und geschnitzt. Schülern sollen die Modelle gezeigt werden. Damit sie Geschichte lernen und sich mit ihrer Stadt identifizieren. »Das war unsere Stadt, das ist unsere Stadt.« – »Hier lebten wir, hier leben wir.« – Das *Wir* braucht einen Platz, wo es sich niederlassen kann. Und es ist gut, wenn es der gleiche Platz ist, auf dem sich bereits die Vorfahren niedergelassen haben. Denn zum *Wir* gehören auch unsere Toten. »Tradition ist die Demokratie der Toten«, sagt Gilbert Keith Chesterton. Die Toten haben gleiches Stimmrecht wie die Lebenden in der Frage, wer *Wir* ist. 1689 war Hannover noch eine mittelalterliche Stadt, wie man sie aus Märchen und Sagen kennt, die Marktkirche in der Mitte, enge, verwinkelte Gässchen, Stadttore, eine Hafenanlage, Marktplätze, Fachwerkhäuser – wir können uns vorstellen, wie der Doktor Faust nachts um eine Ecke biegt, wie ein Flötenspieler hier Rast macht auf seinem Weg nach Hameln, wie sich Esel, Hund, Katze und Hahn hier treffen, um nach Bremen weiterzuziehen, wo sie gemeinsam musizieren wollen. 1939 existiert immer noch und unbeschadet der mittelalterliche Kern, darum herum sind inzwischen stattliche Bürgerhäuer gereiht, Jugendstil, Hannover war eine reiche Stadt, eine Handelsstadt voll mit gut bestückten Kontoren. 1945 gibt es die Stadt nicht mehr. Zum ersten Mal wurde Hannover am 19. Mai 1940 bombardiert, zum zweiten Mal am 9. Oktober 1943, die Innenstadt wurde zu 90 Prozent zerstört. Wohin ist das *Wir* geflogen?

Dieser Freund, der mich durch Hannover führte und mir die Modelle im neuen Rathaus zeigte, ist ein paar Jahre älter als ich. Ich habe ihm von meiner Kindheit erzählt und er mir von seiner. Ich schwärmte von Hohenems, von der Natur, vom Schlossberg, von der Hohen Kugel; dass wir Kinder im Sommer und im Winter immer draußen waren, im Winter Schilaufen und Rodeln, im Sommer Schwimmen im alten Rhein, immer in den Wäldern und den Bergen und im Ried. Mein Freund sagte, das müsse doch sehr langweilig gewesen sein. Und er schwärmte mir von den Abenteuern vor, die er als Kind zwischen den Trümmern seiner Stadt erlebt habe. Die Spuren des ausgelöschten *Wir* in einer ausgelöschten Stadt. Diese Spuren zu finden und ihnen nachzugehen, ja, das kann abenteuerlich sein.

* * *

Wenn Abenteuer definiert wird als ein Zustand, der sich vom normalen Leben unterscheidet, dann war das Leben meiner Großmutter ein einziges Abenteuer. Zur Definition von Abenteuer gehört allerdings, dass dieser Zustand nur kurze Zeit währt, also dass er innerhalb des gewohnten Lebens eine Ausnahme bildet. So gesehen lebte meine Großmutter in einem permanenten Ausnahmezustand. Sie misstraute der Welt und der Zeit. Sie hielt es für möglich, dass ihr jederzeit alles genommen werden könnte. Das Einzige, worauf sie vertraute, war, dass, wer auch immer die Welt und die Zeit beherrschte, nur wenig Interesse an zwei Koffern haben würde. Ist unter solchen Umständen ein *Wir* möglich?

Auch wenn wir uns nach Abenteuern sehnen, wünschen wir doch, anschließend wieder zurückzukehren ins normale Leben, in dem sich unser *Wir* entfalten kann. Wünschen wir doch, dass alles gleich bleibt, dass wir in dem, was auf uns zukommt, wiedererkennen können, was wir hinter uns gelassen haben – vor allem: wiedererkennen können, *wer wir sind*. Ein allzu langes Abenteuer wird uns unbequem. Ein allzu fremdes Abenteuer ist uns unheimlich. Eine Welt ohne *Wir* ist die denkbar fremdeste Welt.

* * *

Es hat Völker gegeben, bei denen die Kinder nach allgemeinem Brauch ihre Väter, und solche wiederum, wo die Väter ihre Kinder töteten – in beiden Fällen, weil man damit verhindern wollte, dass man sich eines Tages be-

enge: Von Natur aus steigert der Wegfall des einen ja das Wohlergehen des anderen. Und auch Philosophen hat es gegeben, die das natürliche Band zwischen Vätern und Kindern verächtlich fanden, zum Beispiel Aristippos: Als man ihn vorwurfsvoll an die Liebe erinnerte, die er doch seinen Kindern schulde, weil sie aus ihm hervorgegangen seien, spuckte er auf den Boden und sagte, auch dieser Auswurf gehe aus ihm hervor, und wir erzeugten ja sogar Läuse und Würmer. Und jener, den Plutarch bewegen wollte, sich mit seinem Bruder auszusöhnen, erwiderte: »Soll er mir wichtiger sein als andere, nur weil wir aus demselben Loch gekrochen sind?«

Dies ist ein Zitat aus dem Essay *Über die Freundschaft* von Michel de Montaigne. Er schrieb den Essay im Andenken an seinen geliebten Freund Étienne de la Boétie, der 1563 im Alter von dreiunddreißig Jahren an der Ruhr starb, und es ist einer seiner schönsten Texte, auch wenn der Ausschnitt, den ich wählte, anders klingt. Warum ich von dieser Männerfreundschaft ausgerechnet im Kontext von *Familie* erzählen möchte, liegt nur ein klein wenig an der Lust auf Paradoxie; es lässt sich an diesem Beispiel gut zeigen, wie einer sich aus eigener Kraft ein *Wir* schaffen will, einen Bruder – einen Bruder, der sich dem Willen und der Selbstbestimmung verdankt und nicht dem Zufall der Natur. Von der Natur hielt Montaigne im Unterschied zu Emerson nicht gar zu viel.

Michel de Montaigne hatte, wie er selbst schreibt, »den besten Vater, den es je gab, und den gütigsten bis in sein äußerstes Alter«. Er stammte aus einer Familie, die »berühmt und beispielhaft in Stücken der brüderlichen Eintracht war«. Sein Vater legte großen Wert darauf, dass seinem Sohn eine umfassende klassische Bildung zuteilwürde. Dazu gehörte zuvorderst das Erlernen der lateinischen Sprache. Wer Latein konnte, dem blieb keine Tür verschlossen – vor allem keine Tür zu einer Bibliothek. So perfekt sollte Michel diese Sprache sprechen, dass er sogar im Alltag darin parlieren konnte, dass er sie beherrschte wie eine Muttersprache. Manchmal unterhielten sich Vater und Sohn tagelang ausschließlich auf Latein, und das hatte über den pädagogischen Auftrag hinaus Vorteile, denn wenn über philosophische Dinge gesprochen werden sollte, gaben Wortschatz und Begrifflichkeit des damaligen Französisch nicht viel her. Wie stolz Montaigne war, die lateinische Sprache zu beherrschen, führt er uns in fast jedem seiner hundertsieben Essays vor; kaum einer, in dem nicht ein lateinischer Autor zitiert würde; oftmals ist das Zitat eine Weiterführung eines Satzes von Montaigne, damit der Eindruck verstärkt werde, dass Gelesenes und selbst Gedachtes im Kopf des Autors zu einem Dritten verschmolzen seien. Im Turm seines Schlosses hatte sich Montaigne sein Arbeitszimmer eingerichtet, fast zweitausend Bücher waren rundherum auf den Regalen an den Wänden aufgereiht, eine für die damalige Zeit bemerkenswert große Privatbibliothek. Montaigne meinte, er könne sich mit jeder öffentlichen Bibliothek messen – »sich messen«, nicht seine Bibliothek mit einer anderen messen; Bibliothek und Besitzer waren eins. In die Balken der Decke ließ er Zitate seiner Lieblingsautoren brennen, siebenundfünfzig sind es, Sprüche von Horaz, Seneca, Marc Aurel, Epiktet,

Cicero, Catull, Ariost, Terenz, Vergil, Properz, Juvenal, aber auch von heute nur noch wenig bekannten Autoren wie Sextus Empiricus, einem römischen Skeptiker, der sich wiederum auf Pyrrhon von Elis bezog, den ich schon erwähnt habe.

Montaigne war frei. Er war weder darauf angewiesen, mit dem Schreiben Geld zu verdienen, noch kam es ihm darauf an, dass jeder seiner Essays unbedingt gedruckt werden sollte. Sein Schreiben war ihm Liebhaberei; es war ihm dabei so ernst, wie es einem Menschen in der Liebe nur sein kann, aber allzu wichtig nahm er es nicht. Er hat sich schreibend die Freiheit erobert, sich selbst in seiner Schwäche, seinen Launen, seinen Vorurteilen zu betrachten und zu studieren, als wäre er ein anderer, und hat darauf sein Selbstbewusstsein gegründet – und das Selbstbewusstsein einer neuen Epoche. Er erlaubte sich zu schreiben, was ihm gerade einfiel. »Jeder Stoff«, notiert er, »ist mir gleich ergiebig.« Erinnert uns das nicht an den jungen Jean-Paul Sartre, der, als er zum ersten Mal mit der Phänomenologie in Kontakt kam, seinen Freunden und Gefolgsleuten begeistert berichtete, endlich könne man über alles schreiben, denn in allem sei die ganze Welt enthalten, selbst in einem »Glas Aprikosenlikör«? Das ist die Gelassenheit des Michel de Montaigne: Du brauchst dir nicht den ganzen Aristoteles und den ganzen Platon aufzuladen, um den Menschen und die Welt zu begreifen; es genügt, wenn du *einen* Menschen, *ein* Ding genau ansiehst, genau und mit Geduld. Und nimm dir nicht vor, Mensch und Welt zu verstehen! Es wird dir nicht gelingen. Die beiden sind zu vielfältig. Begreife sie! Betaste sie, schau sie an, schreib auf, wie sie riechen, hör genau hin! Die Welt und die Menschen begegnen zuerst deinen Sinnen. Vergiss das nie! Stell keine Prinzipien auf! Sie abstrahieren die Vielfalt weg, was übrigbleibt, ist dürr.

Das Schwärmen ist übrigens Montaignes Sache nicht – einzig in seinem Essay *Von der Freundschaft* schwärmt er –, und wenn er von seiner Familie, seiner Herkunftsfamilie, spricht, bleibt er sachlich, aber zugewandt. Über die Familie, die er gegründet hat, seine Frau und seine Tochter, berichtet er in seinen Essays so gut wie nichts. Der Großvater war noch bürgerlich, ein reicher Handelsmann in Bordeaux, der das Schloss der Familie erworben hatte und damit auch gleich den Adelstitel. Montaigne schwindelte, die Familie sei schon seit Generationen auf dem vornehmen Schloss sesshaft; er wollte nicht als Parvenü gelten. So wie er auch seine literarische Tätigkeit immer heruntergespielt hat, als eine Art schrulliges Hobby, ganz gewiss nicht, um damit Geld zu verdienen. Bücher zu schreiben galt als eine etwas fragwürdige Sache, für einen Adeligen gehörte es sich nicht; die Freude daran musste als Schrulligkeit getarnt werden. Montaigne studierte Rechtswissenschaften und arbeitete anschließend als Ratsherr für Steuerangelegenheiten, später als Parlamentsrat in Bordeaux. Den Berufsweg hatte sein Vater geebnet, indem er für die Posten seines Sohnes bezahlte, auch das nicht ungewöhnlich. Über diese frühe Zeit seines Lebens gibt es nicht viel zu berichten, nichts Originelles geschah.

Dann lernte Montaigne Étienne de la Boétie kennen.

»Es ist in Wahrheit ein schöner Name und voll Innigkeit: Bruder. Und darum gründeten wir, er und ich, darauf unseren Bund.«

Es war und sollte von Anfang an sein: eine Brüderschaft, die in sich das Unauflösliche einer natürlichen Brüderschaft enthielt, jedoch ohne »diese Vermengung von Gütern, diese Erbschaftsteilungen, und dass der Reichtum des einen die Armut des anderen bedeutet«. Denn all das lässt die naturgegebene »brüderliche Verbindung unsäglich erkalten und erschlaffen«.

Eine Brüderschaft im Geist der Freundschaft, so sah Montaigne die Verbindung zwischen sich und Étienne de la Boétie.

»Unser freier Wille kann nichts so völlig seine eigene Schöpfung nennen wie die Zuneigung und Freundschaft. (...) In der Freundschaft ist eine allgemeine und alles erfüllende Wärme, milde überdies und gleichmäßig; eine beständige und ruhige, ganz Innigkeit und Zartheit, die nichts Brennendes oder Durchbohrendes hat. (...) In der Liebe ist nur ein ungestümes Verlangen nach dem, was uns flieht (...) Die Freundschaft wird in eben dem Maße genossen, in dem sie begehrt wird, und keimt, nährt sich und wächst nur mit dem Genuss, weil er geistig ist und die Seelen sich in ihrer Ausübung verfeinern.«

Étienne de la Boétie war drei Jahre älter als Montaigne, er war ein Freigeist, ein Visionär, ein Sprachkünstler, dem es mit dem einzigen Buch, das er in seinem kurzen Leben geschrieben hat, gelingen sollte, vielen Revolutionären literarische Munition zu liefern, den Jakobinern – Jean Paul Marat, Camille Desmoulins –, den Anarchisten – Michail Bakunin, Gustav Landauer –, bis zu den Achtundsechzigern des letzten Jahrhunderts. Sein Buch trägt den Titel: *Von der freiwilligen Knechtschaft*. Es umfasst nicht mehr als vierzig Seiten. Einen Satz daraus möchte ich zitieren, weil ich auf ihn zurückgreifen werde, wenn ich mir Gedanken mache über das mehr als seltsame *Wir*, in das uns die Nation zwingt:

Seltsam gewiss und doch so gewöhnlich: beklagen muss man es vielmehr als sich wundern, eine Million Menschen in elender Knechtschaft zu sehen, den Hals unter dem Joch, und nicht durch eine stärkere Gewalt bezwungen, sondern, wie es scheint, irgendwie verzaubert und behext allein durch den Namen des Einen, dessen Macht sie nicht zu fürchten brauchen, denn er ist allein, noch seine Vorzüge zu lieben, da er statt solche zu haben unmenschlich und grausam ist.

Bis an sein Lebensende trug Montaigne die Erinnerung an diese Freundschaft in seinem Herzen; in seinen Briefen an den Vater, an Freunde oder an den Kanzler von Frankreich berichtet er von dem Eins-Sein mit Étienne de la Boétie, immer wieder kommt er in seinen Essays auf ihn zu sprechen; während einer der Kuren gegen seine Nieren- und Gallensteine, auf der Latrine sitzend, sich krümmend vor Schmerzen, fällt ihm der Freund ein, und der seelische Schmerz fegt die Kolik beiseite, es ist ihm, als würde er in der Mitte auseinandergerissen. Die Einsamkeit seines wahren, seines inneren Lebens nach dem Ende dieser Freundschaft kündet von einem *Wir*, das einmalig war, neben dem und nach dem kein anderes *Wir* bestehen konnte.

* * *

Solche Geschichten mögen wir. Wir lassen uns gern von Freundschaften erzählen, die in Brüderschaft münden und damit quasi-familiär werden. In der abendländischen Literatur treffen wir immer wieder auf Figuren, die ihr Dasein mit einem anderen Menschen so eng verbinden, dass sie ohne diesen nicht denkbar sind; man müsste von *Wir*-Epen, *Wir*-Romanen, *Wir*-Novellen sprechen. Ja, es sind meistens Geschichten von Männerfreundschaften. Wahrscheinlich, weil die Autoren Männer sind. Wir hören im frühesten Epos von Gilgamesch und Enkidu, die gemeinsam in die gefährliche Unterwelt hinabsteigen, um zerbrochene Teile eines Spielzeugs zu holen. Die griechische Mythologie erzählt von ähnlich eingeschworenen Männerpaaren – von Herakles und seinem Neffen und Freund Iolaos, von Odysseus und Diomedes während des Trojanischen Krieges, besonders ausführlich von Theseus und Peirithoos, die ebenfalls in die Unterwelt hinabsteigen, sie wollen wegen einer Wette Persephone rauben. Auch Don Quijote und Sancho Panza bilden auf ihre Art ein amikales *Wir*, einer kann ohne den anderen nicht, einer ist ohne den anderen nichts. Eine der berühmtesten Männerfreundschaften hat Arthur Conan Doyle erfunden, jene zwischen Sherlock Holmes und Dr. Watson – unvorstellbar, die beiden würden getrennt, obwohl sie doch die denkbar strengste Distanz zueinander wahren!

Ein *Wir*, das sich in einem Ich manifestiert und das Ich am Ende zerstört, begegnet uns in der Novelle *Der seltsame Fall des Dr. Jekyll und Mr. Hyde*. Die Geschichte liest sich wie eine psychoanalytische Interpretation des Faust-Mephisto-Dramas von Goethe; Robert Louis

Stevenson hat sie geschrieben, da war Freud gerade dreißig Jahre alt. Mich hat diese kleine Novelle sehr früh in ihren Bann geschlagen, und ich kann nur ahnen, warum. Vielleicht weil Autarkie, tatsächliche Unabhängigkeit, absolutes Nicht-Angewiesen-Sein, absolutes Nicht-Abhängig-Sein von einem anderen Menschen in dieser Geschichte als Idee vorgezeichnet ist. Insofern ist sie in einem zweifachen Sinn prophetisch; einmal, weil sie Überlegungen vorwegnimmt, die konsequent erst in der Psychoanalyse angestellt wurden; und dann, weil sie den Autarkiewahn der westlichen Gesellschaft von heute antizipiert: der Einzelne, der alles in sich trägt, das Ich als *Wir*. Das Ich-Wir als Leibniz'sche Monade.

Oscar Wilde hat in seinem Roman *Das Bildnis des Dorian Gray* die Idee von Stevenson aufgegriffen und umgewandelt. Dorian Gray wünscht sich in einem magischen Moment, er möge bis an sein Lebensende jung bleiben, das Portrait aber, das ein Maler von ihm anfertigt, soll an seiner statt altern. Dorian schließt das Bild in einer Kammer ein. Manchmal besucht er es und betrachtet an ihm die Verwüstungen des Alters. Bildnis und Mann bilden ein entsetzliches *Wir*.

* * *

Gegen Ende seines Lebens, als er nur noch für sich selbst und meine Mutter sorgen musste, erinnerte sich mein Vater an die Ambitionen seiner Jugend und begann, einen Roman zu schreiben. Er hatte den Arbeitstitel *Das Windrad* und sollte von dem kleinen Dorf handeln, in dem er aufgewachsen war, von den Bewohnern und ihren Beziehungen untereinander und vom Erstarken des Nationalsozialismus in den dreißiger Jahren und davon, wie diese Ideologie sogar die Familien zerstört hat. Ein historischer Roman also. Dieses Buch hat mein Vater nicht zu Ende gebracht, er ist gestorben, da hatte er noch nicht die Hälfte geschafft.

Ich habe zur gleichen Zeit ebenfalls an einem Roman geschrieben, dem ersten, der dann auch veröffentlicht wurde. Mein Vater und ich haben uns oft ausgetauscht, es war ganz einfach geschehen, ohne Konflikt – und fruchtbringend; wie ich glauben darf, auch für ihn. Sein Roman sollte real sein, das ist mehr als realistisch, er wollte nichts erfinden. Die auftretenden Personen hatte er alle gekannt, noch lebende Personen sparte er aus.

In dieser Zeit geschah etwas wunderbar Eigenartiges: Das Verhältnis zwischen mir und meinem Vater änderte sich. Es geschah, was Montaigne für ausgeschlossen oder aber unstatthaft hielt: »Bei der Beziehung zwischen Kindern und Vätern handelt es sich eher um Ehrerbietung. Das Lebenselixier der Freundschaft ist der vertrauliche Umgang, der aber hier wegen der großen Ungleichheit zwischen ihnen nicht stattfinden kann und vielleicht sogar die naturgegebenen Pflichten verletzen würde; denn weder vermögen die Väter den Kindern all ihre geheimen Gedanken mitzuteilen, weil dadurch eine unangemessene Vertraulichkeit entstünde, noch dürfen Kinder sich Ermahnungen und Zurechtweisungen ihren Vätern gegenüber herausnehmen.«

Während mein Vater und ich uns über unsere Romane unterhielten, wurden wir zu Freunden. Wir profitierten voneinander. Wir halfen einander. Er hatte mir Lebenserfahrung voraus, ich ihm Schreiberfahrung. Er hatte in seiner Jugend Gedichte geschrieben, seither nichts Poetisches mehr. Ich hatte eine Reihe Hörspiele geschrieben und im Rundfunk produziert, außerdem genug Erzählungen, um damit ein Buch zu füllen. Mein Roman war der dritte oder vierte, die anderen lagen in der Schublade, wo sie immer noch liegen, und das zu Recht.

Mein Vater fragte mich: »Wie machst du das? Wenn ich den Anton oder die Wilma sprechen lasse, verwende ich nur die indirekte Rede. Was meinst du? In der indirekten Rede erzählt der Erzähler, *was* die Personen gesagt haben, aber nicht, *wie* sie es gesagt haben. Das wäre doch eine Anmaßung, sie direkt reden zu lassen. Ich erinnere mich nicht mehr, was sie wörtlich gesagt haben. Was meinst du?«

Ich sagte: »In einem Roman darfst du mit gutem Gewissen erfinden, was deine Figuren sagen, und auch, wie sie es sagen.«

»Aber es sind nicht *meine* Figuren«, widersprach er mir. »Es hat sie wirklich gegeben. Ich will nichts erfinden. Ich will zeigen, wie es wirklich war.«

In meinem Roman dagegen war überhaupt alles ausgedacht, rein alles; er war eigentlich ein Märchen. Ich hatte es natürlich viel leichter als mein Vater. Ich tippte einfach drauflos, dass es nur so eine Freude war. Mein Vater hingegen verbrachte jeden Tag mehrere Stunden in der Landesbibliothek in Bregenz; für eine Seite Text recherchierte er manchmal eine Woche oder länger. Und immer fragte er mich um Rat. Er fragte mich öfter, als ich ihn fragte. Die kleinsten Kleinigkeiten recherchierte er: Wie viel musste man im Jahr 1937 in Bregenz für ein Kilogramm Kartoffeln bezahlen, wie viel für einen Stock Butter? Wie sah der Teppich in der Klosterkirche Mehrerau aus? Wie viel Mann waren im Gendarmerieposten der Gemeinde Hard am Bodensee beschäftigt?

Meine Frau Monika und ich wohnten damals nicht weit von der Landesbibliothek entfernt, mittags aß mein Vater bei uns und legte sich für eine halbe Stunde aufs Sofa in der Küche. Manchmal fragte er Monika, ob sie nichts zum Bügeln habe; das hat er so gern gerochen, es erinnerte ihn an seine Kindheit, an die Momente der Geborgenheit in der Familie.

Ich sagte zu ihm: »Warum tust du dir das an? Schreib doch einfach aus der Erinnerung!«

»Die Erinnerung ist leider nicht sehr genau«, gab er zu bedenken.

»Und wenn schon!«, sagte ich. »Dann denk dir doch einfach aus, wie dieser Teppich gewesen sein könnte! Behaupte einfach, er war so! So schön, wie du ihn dir ausdenken kannst, war er wahrscheinlich gar nicht, ganz sicher nicht. Und spielt es wirklich eine Rolle, ob sechs Polizisten in Hard waren oder sieben oder nur fünf?«

Da wurde er streng: »Erstens«, sagte er, »besteht ein Unterschied zwischen Polizei und Gendarmerie. Zweitens will ich die Wahrheit über diese Zeit schreiben, die Wahrheit und nichts als die Wahrheit.«

So ging das hin und her zwischen uns. Es waren Gespräche zwischen Freunden, nicht zwischen Vater und Sohn. Erst erzählte er nur vom Politischen, dann irgendwann vom Privaten. Er erzählte mir tatsächlich von seiner ersten Liebe, seinem ersten Kuss. Ich erzählte Ähnliches. Eine kleine Scheu blieb. Was wir erzählten und der Grund, warum wir aus dem Privaten erzählten, hatte mit unserem Schreiben zu tun, jedenfalls taten wir so. Wir wurden Freunde. Ich nannte ihn bei seinem Vornamen. Das ergab sich. Er lud mich nicht dazu ein, aber er wehrte sich auch nicht dagegen. Wir arbeiteten zusammen. Unsere Freundschaft widersprach auch darin den Vorstellungen Montaignes von einer wirklichen Freundschaft, der er keine anderen Gründe als aus ihr selbst erwachsende, keine Zwecke und keine Erwartungen beigemischt sehen wollte. Gemeinsame Interessen und gemeinsame Tätigkeiten seien der Freundschaft zwar nicht abträglich, sollten aber nicht ihr Fundament bilden. Freundschaft schöpfe allein aus sich selbst. Dies war zwischen meinem Vater und mir nicht der Fall. Aber Freundschaft war es. Am Ende seines Lebens war unser *Wir* mehr ein freundschaftliches als ein familiäres. Uns beiden war das wichtig und wert. Mir war es sehr viel wert.

* * *

Aus gemeinsamer Tätigkeit – ich verwende bewusst nicht das Wort »Arbeit« – kann ein *Wir* entstehen, das Montaigne als ein wahres *Wir* – ich verwende bewusst nicht das Wort »heiliges« – nicht anerkennen würde –, vielleicht deshalb nicht, weil er nie gemeinsam mit anderen Musikanten frei musiziert hat, jedenfalls nicht, dass ich wüsste. Wenn Sie je selbst Musik gemacht haben, wissen Sie, was ich meine. Bei Musikern, die sich präzise an die Vorgaben des Komponisten halten, die Augen auf das Notenblatt richten und nicht in die Augen eines anderen Musikanten schauen, kann man die Entstehung dieses *Wir* nicht beobachten, ich habe das nie beobachtet, und ich habe nach diesen Blicken gesucht, wenn ich im Publikum saß und einem Orchester zugehört und zugesehen habe. Wenn dagegen Musiker zusammen improvisieren, kommt es vor, dass dieser magische Moment aufblitzt – magisch deshalb, weil ein *Wir* entsteht, in dem nichts anderes enthalten ist als Musik und die reine Freude an ihr; nicht einmal die Musikanten sind darin enthalten. Kennen Sie das? Eine Band spielt, und auf einmal ist da ein Groove, der Gitarrist und der Bassist schauen einander in die Augen, sie lächeln, es ist kein süßes Lächeln, ein herausforderndes Lächeln ist es, ein provozierendes Lächeln, ein sexuelles Lächeln, in dem viel Aggression steckt, Schamlosigkeit, aber auch Hingabe und selbstloses Glück, Selbstvergessenheit, eine Selbstentäußerung, ein Flash, der aber nicht in dem Augenblick verpufft, wenn das Gift das Hirn erreicht, sondern sich über die ganze Länge eines Stücks hinziehen kann. Als gäbe es in der Musik eine Erinnerung an eine andere Welt, die in unserem bewussten Gedächtnis keine Spuren hinterlassen hat. Ich habe immer wieder in Bands gespielt, bei jeder Session, bei jedem Konzert habe ich auf diese Augenblicke gewartet und auf sie gehofft, und die Frage war nicht, waren wir heute besonders gut, in einem technischen Sinn, sondern: War dieses *Wir* da, oder war es nicht da? Links hinter mir stand der Bassist, Markus Kreil, mit seinem Kontrabass, ich saß auf einem Barhocker und spielte die

Gitarre und sang, und ich musste Obacht geben, dass ich nicht nach hinten kippe, weil die Bassläufe, die Markus aus seinem Instrument holte, so angenehm weich und verführerisch klangen und mich zugleich in einer mutterschoßlichen Sicherheit wiegten, dass mir war, als könnte ich mich bei ihnen anlehnen, als könnte ich in sie sinken wie in Kissen auf einem Diwan. Rechts neben mir saß Emil Duront an der Pedal Steel, links neben mir Goran Kovačević, er spielte das Akkordeon. Wenn die beiden in einem Solo zusammenspielten, stieg ich von meinem Hocker, trat zurück und machte Platz für ihre Blickwechsel; nicht weil sie sich hätten verständigen wollen, die beiden könnten jederzeit blind zusammenspielen, sondern weil diese Liebe zwischen ihnen war, dieser Engel, der nur herabsteigt, wenn zusammen musiziert wird, und plötzlich ist es, als ob die Spieler selbst nur Zuträger wären einem *Wir*, das eine Einheit ist und sich nicht zusammensetzt aus Bassist, Akkordeonist, Gitarrist und Pedal-Steel-Spieler. Es ist wie ein Segen von oben. In diesen Augenblicken hätte ich mir gewünscht, die Zeit bliebe stehen. Ein Zitat von Ralph Waldo Emerson fällt mir ein. Denken Sie sich anstatt *Natur* »Musik« – und denken Sie, Sie hören die Musik nicht nur, Sie bringen sie hervor, Sie spielen zusammen mit anderen Musikanten! Denken Sie sich aus, was für ein Instrument Sie gern spielen würden. Die Klarinette? Die Geige? Cello? Gitarre? Klavier? Die Ukulele? Banjo? Das Saxophon? Das Bandoneon? Spielen Sie und lauschen Sie!

Die Sterne erwecken ein bestimmtes Ehrfurchtsgefühl, weil sie, obwohl immer gegenwärtig, dennoch niemals erreichbar sind; aber alle natürlichen Dinge machen einen verwandten Eindruck, wenn der Geist ihren Einflüssen gegenüber offen ist. Die Natur tritt niemals unbedeutend in Erscheinung. Weder entreißt der weiseste Mensch ihr Geheimnis, noch verliert er seine Neugier dadurch, dass er ihre ganze Vollkommenheit erkennt. Die Natur wurde einem weisen Geiste noch niemals zum Spielzeug. Die Blumen, die Tiere, die Berge spiegelten die Wahrheit seiner besten Stunden wider, geradeso, wie sie ihn in der Unbefangenheit seiner Kindertage erfreuten.

* * *

Ein *Wir*, das ebenfalls keinen anderen Inhalt hatte als sich selbst, habe ich während meines Studiums erlebt – eine seltsame, sowohl komische als auch gespenstische Erfahrung. Wir waren zu acht, vier Männer, vier Frauen. Einer schlug vor, das Detektivspiel zu spielen. Gefaltete Zettel wurden verteilt, bis auf einen waren alle leer. Auf dem einen stand: »Detektiv.« Die Annahme war, ein Mord ist geschehen. Der Detektiv befragte die Anwesenden. Es gab nur eine Regel: Niemand darf aus dem Spiel aussteigen. Also wenn der Detektiv einen Mitspieler fragt: »Warum sind Sie hier?«, und dieser zeigt auf eine der Frauen und antwortet: »Ich bin zusammen mit meiner Schwester hergekommen, ich habe mit diesen Leuten hier eigentlich gar nichts zu tun, es sind Freunde meiner Schwester, aber eigentlich auch keine richtigen Freunde, der dort ist ein Regisseur, und meine Schwester ist Schauspielerin, und sie hofft, sie kommt mit ihm ins Gespräch und er lädt sie zum Vorsprechen ein«, dann darf die »Schwester« nicht sagen: »Ich will aber nicht die Schwester sein, ich habe mir etwas anderes vorgenommen, und eine Schauspielerin will ich auch nicht sein, und dem dort, der ein Regisseur sein soll, dem möchte ich mich nicht anbiedern.« Wenn sie partout die Schwester und alles andere nicht sein will, dann muss sie etwas erfinden, etwas Triftiges, zum Beispiel: »Leo, nun ist es Zeit, dir zu sagen, dass du ein Adoptivkind bist …« oder so etwas Ähnliches. Wie sie aus der Schauspielerin herauskommt, weiß ich nicht. Es muss allerdings glaubwürdig sein, denn sicher wird sie gleich weiter verhört, da muss sie ihre Behauptung untermauern. Am besten ist meistens, sie nimmt die Rolle an und versucht, sie so zu gestalten, wie es ihr genehm ist. Wohlgemerkt, es geht bei diesem Spiel nicht darum, den Mörder zu *finden* – wie sollte das auch funktionieren? –, es geht darum, eine Geschichte zu *erfinden*, eine Saga.

Wir spielten das Spiel drei Tage lang, drei Tage dasselbe Spiel. Am Ende betrachteten wir staunend einen weit ausufernden Roman, den keiner so gewollt hatte, an dem aber alle beteiligt gewesen waren. Es war *unser* Roman. Ein erzähltes *Wir*. Ein *Wir*, das für sich eine eigene unteilbare Identität behauptete. Wir hatten Lachkrämpfe und Weinkrämpfe hinter uns, eine Stunde lang waren wir still gewesen, weil alle beleidigt waren, peinlichste Entblößungen hatten stattgefunden, Geheimnisse waren offenbart worden, und der sie offenbarte, hatte vorher nichts von ihnen gewusst, denn er war ein anderer. »Ich ist ein anderer«, schreibt Arthur Rimbaud und umreißt damit das Weltprogramm der Poesie. Jeder in der Runde hatte hunderte Male »Ich« gesagt, und nie hat er von sich selbst gesprochen, immer von der Figur, die er spielte, die er war kraft seiner Fantasie, die aber auch gemacht worden war von den anderen. Jeder Redebeitrag konturierte jede Figur. Auch der Detektiv, der Frager, konnte sich nicht heraushalten, irgendwann wurde er befragt und musste antworten. Am Ende wusste keiner, wie und was da eigentlich geschehen war. Nach diesem Spiel begegneten wir einander anders als vorher. Wir waren uns fremd geworden und zugleich in einer unheimlichen Weise vertraut. Jedem Schriftsteller kann ich nur empfehlen, dieses Spiel wenigstens einmal in seinem Leben zu spielen.

* * *

»Aus so krummem Holze, als woraus der Mensch gemacht ist, kann nichts Gerades gezimmert werden«, schreibt Immanuel Kant in seinem Aufsatz *Idee zu einer allgemeinen Geschichte in weltbürgerlicher Absicht.* Isaiah Berlin hat daraus immerhin den Titel einer seiner bekanntesten Aufsatzsammlungen gezimmert: *Das krumme Holz der Humanität.* – Wenn wir darin lesen, kommen wir zu einer weiteren Form des *Wir*:

Inmitten eines gewaltigen Aufgebots an ausgefeilter, statistisch untermauerter, ernsthafter und zuweilen mit freien Phantasien vermischter Futurologie gab es eine Bewegung, die weite Felder des 19. Jahrhunderts beherrschte, der aber keine große Zukunft vorausgesagt wurde, eine Bewegung, die uns heute so vertraut erscheint, die innerhalb der verschiedenen Nationen und in den Beziehungen zwischen ihnen so große Bedeutung erlangt hat, dass wir uns eine Welt, in der sie keine Rolle spielen würde, nur mit Mühe vorstellen können. Ihre Kraft (...) scheint uns heute so selbstverständlich, dass es sehr sonderbar wirkt, wenn man darauf aufmerksam machen muss, dass die Propheten früherer Tage und auch die heutigen ihr so gut wie keine Beachtung geschenkt haben; im Falle der letzteren hatte dies zuweilen verhängnisvolle Folgen, sowohl für sie selbst wie für diejenigen, die ihnen Glauben schenkten. Ich spreche vom Nationalismus.

Isaiah Berlin wurde 1909 in Riga geboren, sein Vater war ein erfolgreicher Unternehmer, was die Familie zwar vor den diskriminierenden Gesetzen, aber nicht vor antisemitischen Übergriffen bewahrte. Im Ersten Weltkrieg zog die Familie deshalb nach Petrograd; dort erlebte Isaiah als Kind den Ausbruch der Russischen Revolution. Schließlich beschloss der Vater, nach London zu emigrieren, wohin er geschäftliche Verbindungen unterhielt. Isaiah studierte in Oxford Politikwissenschaft und schrieb eine Monografie über Karl Marx. Er gilt heute als einer der einflussreichsten politischen Philosophen in der angelsächsischen Welt. 1940 übersiedelte er nach Amerika, er war ein gern gesehener Gast auf Partys und Empfängen, auf denen sich Persönlichkeiten aus Politik, Wirtschaft und Kultur trafen. Das britische Informationsministerium trat an ihn heran, ob er »Berichte« liefern könnte – *secret things*. Die Briten wollten über die Stimmung in den USA Bescheid wissen; die immer noch isolationistische Politik von Präsident Roosevelt verunsicherte das Vereinigte Königreich, das sich inzwischen im Kriegszustand mit Nazideutschland befand. Was Isaiah Berlin den Briten berichtete, weiß ich natürlich nicht, aber offensichtlich so viel Interessantes, dass Winston Churchill auf ihn aufmerksam wurde und den Mann kennenlernen wollte. Es wird die Anekdote erzählt, der englische Premierminister habe seinem Sekretär William Knott den Auftrag erteilt, ein Abendessen mit »I. Berlin« zu organisieren, wenn dieser in London weile. Tatsächlich weilte ein »I. Berlin« in London, aber nicht Isaiah, sondern Irving, der Komponist. Der Abend sei sehr merkwürdig gewesen, so berichtet Knott (»the very private Private Secretary to a very prime Prime Minister«); Irving Berlin habe sich gewundert über die detailfeinen Fragen zur Politik, und auch darüber, dass Churchill sich so gar nicht für seine Musik interessierte, während Churchill fassungslos gewesen sei, wie blauäugig und politisch uninformiert sein Gast war. Nachdem das Missverständnis aufgeklärt worden war, hätten sich, schreibt William Knott in einem Brief an einen Freund, Irving und Isaiah Berlin in New York getroffen, um diese unerwartete und skurrile Gemeinsamkeit zu feiern, aber das Treffen sei ernüchternd und langweilig verlaufen. Wir waren wie zwei Brüder, die bei verschiedenen Elternteilen aufgewachsen sind und also nicht mehr waren als Brüder im Namen, soll Irving Berlin später gesagt haben.

Isaiah Berlin kehrte nach dem Krieg nach London zurück und schrieb unzählige Artikel zur Geistes- und Ideengeschichte und zur Literatur, unter anderem über Machiavelli, Giambattista Vico, Montesquieu, David Hume, Benjamin Disraeli und Moses Hess, aber auch über den englischen Philosophen John Stuart Mill und den französischen Philologen Georges Sorel. Sein charmantestes Werk ist nach meinem Dafürhalten der Essay *Der Igel und der Fuchs*, worin er über die Geschichtsauffassung von Leo Tolstoi nachdenkt und auch über den erzreaktionären französischen Schriftsteller und Philosophen Joseph de Maistre, der dessen Werk nachhaltig beeinflusst habe. Von de Maistre handelt auch einer der Aufsätze in *Das krumme Holz der Humanität*. Man habe diesen Denker, der während der Französischen Revolution gelebt und diese mit Verzweiflung und stilistischer Eleganz bekämpft habe, zu wenig ernst genommen; zu seinen Ideen reichten die Wurzeln des Faschismus zurück. Ich habe mir von Joseph de Maistre *Die Abende von St. Petersburg: oder Gespräche über das zeitliche Walten der Vorsehung* besorgt und gelesen, und auch wenn ich in so gut wie gar nichts mit diesem Autor übereinstimme, hat er mich doch gerührt, und ich kann ihm meine Bewunderung nicht vorenthalten, ich gebe es zu, auch auf die Gefahr hin, selbst als erzreaktionär gescholten zu werden – dieser tapfere Mann begegnete mir, wie der ihm denkverwandte Emil Cioran, auf einen anderen gemünzt, sich ausdrückte, als »ein blind gewordener Löwe, der in der Wüste eine Quelle sucht«.

Heimat habe er, erzählte Isaiah Berlin dem jungen Studenten, der sich daran machte, sein Werk zu ordnen, in seiner Kindheit erfahren, im Haus seiner Eltern, die ihn abgöttisch liebten, und sonst nirgends. Er war ein »vaterlandsloser Geselle« – in Wahrheit einer, dem die Heimat genommen wurde von fanatischen Halunken, die mit Knüppeln, Bajonetten und Maschinengewehren definierten, wer in das große *Wir* aufgenommen würde und wer nicht. Im Nationalismus sah Isaiah Berlin die größte Gefahr des Jahrhunderts.

* * *

Am Nationalismus wie an so vielem anderen, das der Vernunft bis heute immer wieder in den Laufschritt grätscht, sind – na, wer denn? – die Romantiker schuld; in diesem Fall, indem sie Ideen von Johann Gottfried Herder übernahmen, der nun gar nicht einer von ihnen war, erstens zu alt, zweitens misstrauisch gegenüber dieser von ihm als viel zu aufgeregt und quirlig empfundenen Bewegung.

Das Heimweh, schrieb Herder, sei »der edelste aller Schmerzen«, und er meinte damit nicht allein das Heimweh nach einem Ort, also ein horizontales Heimweh, sondern die Sehnsucht der Seele nach ihren Wurzeln, das ich ein vertikales Heimweh nennen möchte. Herder dachte und schrieb im zweiten Drittel des 18. Jahrhunderts. Er stammte aus Ostpreußen, zog nach Weimar, befreundete sich mit dem um fünf Jahre jüngeren Goethe, aber auch mit Schiller und Wieland.

Herder sinnierte und forschte aus dem Geist eines deutschen Minderwertigkeitskomplexes heraus. Frankreich war eine stolze, starke Nation, selbst die große Revolution würde daran nichts ändern, im Gegenteil; England war eine Weltmacht und würde diese nur noch mehr festigen; Russland war ein Riesenreich, das seine glorreiche Vergangenheit wie eine orthodoxe Messe zelebrierte – und Deutschland? Zerrissen, zerhackt, nicht vorhanden in der Realität, keine Rolle spielend, lauter kleine, zerstrittene Fürstentümer, provinziell. Und was schwerer wog: Die Deutschen hatten ihre Wurzeln vergessen, sie hatten die Heimat im Herzen verloren, sie wussten nicht, wer sie waren. Die Deutschen konnten nicht sagen: *Wir*.

Was aber ist die Heimat im Herzen? Wird sie mithilfe von historischem Wissen gebaut? Auch. Aber nicht nur. Und oft steht das historische Wissen dabei im Weg. Aus Fakten lassen sich keine Tränen pressen, weder Tränen des Glücks noch Tränen des Leids oder der Rührung, schon gar nicht Tränen der Hingabe an etwas Höheres. Die Heimat des Herzens liegt im Mythos (oder *Mythus*; die Deutschen bevorzugten die lateinischen Ausdrücke, vielleicht weil ihre Sehnsucht sich lieber Vergleiche mit dem Römischen Reich fantasierte als mit der zerstrittenen griechischen Kleinstaaterei, so eine hatten sie selber). Der Hüter des Mythus ist der »Volksgeist« oder »Nationalgeist« – von Herder geprägte Begriffe.

Wie gefügig sich diese Begriffe in den folgenden hundert bis zweihundert Jahren missbrauchen ließen, das konnte Herder nicht vorhersehen, und hätte er es gekonnt, er wäre wahrscheinlich empört und entsetzt gewesen.

Isaiah Berlin schreibt in seinem Aufsatz *Der gekrümmte Zweig – über den Aufstieg des Nationalismus* zur Rolle von Johann Gottfried Herder bei der Hervorbringung dieses Phänomens: »Herders Denken ist von der Überzeugung beherrscht, zu den Grundbedürfnissen des Menschen gehöre auch das nach Zugehörigkeit zu einer Gruppe, und es sei ebenso elementar wie das Bedürfnis, sich zu ernähren, sich zu vermehren oder sich mitzuteilen.« Herder vertrete die Auffassung, »jede menschliche Gemeinschaft besitze eine eigentümliche Gestalt und Struktur. Ihre Angehörigen werden in eine fortlaufende Tradition hineingeboren, die ihre emotionale und körperliche Entwicklung ebenso formt wie ihre Ideen.«

Herder hatte ein – heute würden wir sagen – ganzheitliches Menschenbild; eine Unterscheidung zwischen Vernunft, Fantasie, Gefühlen erschien ihm gewollt und wenig erhellend. Der Mensch lässt sich nicht wie eine Maschine in Teile zerlegen. Das klingt gut, und darum wollen wir es glauben. Obwohl es dafür nicht die geringsten Argumente gibt, und alles zusammen doch nur Wortgeplänkel ist.

Wortbetrug ist es eigentlich.

* * *

Betrug an der Bedeutung eines Wortes?

Was ist das? Wie geht das?

Ich übertrage ein Wort aus seinem angestammten Feld auf ein anderes Feld. Das geschieht bei jeder Metaphernbildung. Manchmal werden Metaphern aber hinterhältig und bewusst erzeugt, um einen Zweck zu erfüllen, den, geradeheraus ausgesprochen, nur wenige würden einlösen wollen, eben weil er wenig Erhebendes an sich hat oder einfach nur schäbig ist. Deshalb der Umweg über die Metapher, um eine Art Begriffswäsche vorzunehmen.

Heimat ist ein Begriff, der ursprünglich den Hof meinte, auf dem ein Mensch aufgewachsen ist. Dazu vielleicht noch die Umgebung, den Bach, den angrenzenden Wald, die Senke, wo die Birken stehen, den Schulweg durch die Allee. Meine Heimat ist Hohenems, und zwar Hohenems unter der Bahnlinie. Wenn ich den Begriff weiter dehne, rechne ich das Rheintal zwischen Bregenz und Feldkirch dazu, Bregenz weniger, Feldkirch, wo ich ins Gymnasium ging, mehr. Ich rechne auch noch Coburg im Frankenland dazu, dort wohnten meine Tante und mein Onkel, dort bin ich zu Bewusstsein gekommen. Ich rechne auch Marburg an der Lahn dazu, wo ich studiert habe. Und Wien rechne ich dazu, aber doch nur manche Bezirke. Würde ich diese Heimaten verlassen müssen, aus welchen Gründen auch immer, vor allem, wenn ich Hohenems verlassen müsste, ich würde wahrscheinlich krank werden, mein Herz würde brechen. An der Schönheit kann es nicht liegen, so schön ist Hohenems nun auch wieder nicht. Hier bin ich aufgewachsen, in den Wegen, den Bergen, den Bäumen, im alten Rhein, im Steinbruch, im Ried erkenne ich mich wieder, wie ich bin, wie ich war. Diese Gegend ist aufgeladen mit meinen Erinnerungen und meinen Empfindungen. Diese Dinge hier sind in mein *Wir* aufgenommen.

Und dann wird *Heimat* zur Metapher. Dagegen wäre nichts einzuwenden. Das Halunkenhafte, von dem der eingangs zitierte Samuel Johnson spricht, wenn er auf das Thema Patriotismus kommt, besteht darin, dass behauptet wird, *Heimat* sei auch in der Übertragung keine Metapher, stehe also nicht für etwas anderes, und repräsentiere daher nicht ähnliche, sondern dieselben Empfindungen wie das ursprüngliche, unverwandelte Wort.

Ebenso lügenhaft war vorgegangen worden bei der Erfindung des Begriffs »Nation«. Korrekt abgeleitet müsste das Wort, aus dem Lateinischen ins Deutsche übersetzt, lauten: der Geburtsort. Erweitert: der Ort, an dem jemand aufgewachsen ist – also die Heimat in der oben beschriebenen, ursprünglichen, unverwandelten Bedeutung. Dass die Empfindungen, die diesem Ort gelten, mehr oder weniger stillschweigend auf ein irgendwann von irgendwelchen Politikern wahrscheinlich am grünen Tisch abgezirkeltes Gebiet übertragen werden sollen, ist eigentlich absurd. Ich soll also am Südburgenland, wo ich mein Lebtag noch nie war, ebenso hängen wie an Hohenems. Patriotismus ist unverantwortliche Vereinnahmung von Gegenden, mit denen ich nichts zu tun habe. Den Roma aber, die im Südburgenland wohnen, und zwar schon seit Generationen, denen wird die Heimat abgesprochen? Die sollen, wie es in so vielen bösen Drohungen hieß, nach Indien abhauen?

* * *

Patriotismus ist eine Form von geistiger Okkupation. Ein Wiener, der noch nie in Vorarlberg war, soll Gefühlsrecht beanspruchen auf alles, was rechts des Rheins liegt, während das linke Rheinufer ihn völlig kalt lassen soll, weil dort ja die Schweiz ist?

Die Nationalisten, die Patrioten, wie sie sich gern nennen, die, die das Vaterland lieben, marschieren auf und befehlen mir ein *Wir*, indem sie die Wärme, die dieses Wort ausstrahlt, semantisch umleiten und in ein Konstrukt blasen, das mit den Regungen meines Herzens nichts, aber auch gar nichts zu tun hat. Wer uns einreden möchte, Nation und Heimat seien dasselbe, der lügt, und er weiß, dass er lügt, und er lügt, um unsere Gefühle für Zwecke einzuspannen, die unsere nicht sind.

Das *Wir* der Heimat bestimmt, wer dazugehört; das *Wir* der Nation, wer nicht dazugehört. Die Heimat schließt ein, die Nation schließt aus.

Nationalisten und Patrioten sind gefährliche Leute, die vorgeben, es sei gerade ihre Tugend, dass sie gefährlich seien. Sie behaupten, gefährlich zu sein für all jene, die für uns eine Gefahr seien. Halunken sind sie in Wahrheit, Diebe, Gesindel, Zukurzgekommene, Ungeliebte, Hetzer, Lügner, Betrüger, Verräter an ihren eigenen Empfindungen und den Empfindungen derer, für die zu sprechen sie behaupten!

* * *

Ich liebe mein Vaterland nicht, weil ich kein Vaterland habe. Was bitte hat Österreich mit meinem Vater zu tun?

Wieder wird ein (meistens) positiv besetzter konkreter Begriff – »Vater« – an ein abstraktes Gebilde angeklebt, damit dieses wie ein Vampir die guten Gefühle aus ihm heraussaugen soll. »Du liebst dein Vaterland nicht? Das heißt, du liebst deinen Vater nicht.« Österreich ist eine historisch-politische Vereinbarung. Genauso gut könnte man von mir erwarten, dass ich die Verkehrsschilder liebe, auch sie sind eine historisch-politische Vereinbarung.

* * *

Die Verschiebung von Gefühlen von ihrem eigentlichen Gegenstand auf einen Gegenstand der politischen Propaganda ist das betrügerische Kerngeschäft aller Demagogen.

George Orwell zeigt in seinem Roman *1984* diesen Mechanismus beispielhaft auf. Das *Ministerium für Frieden* ist das Kriegsministerium, das *Ministerium für Wahrheit* betreibt die lügenhafte Umschreibung der Vergangenheit, und im *Ministerium für Liebe* wird gefoltert.

Jene österreichische Partei, die später den Vizekanzler stellen sollte, hat bei einem ihrer Wahlkämpfe die Liebe als Slogan entdeckt. – »Wir sind geleitet von der Kraft der Liebe! Wir handeln aus Liebe! Die Liebe ist die größte Kraft!« – Es war im selben Wahlkampf, in dem ihr Vorsitzender mit einem weißen Neonkreuz herumgefuchtelt und zwischen dem *Nächsten* und dem *Übernächsten* unterschieden und befunden hat, den einen soll man lieben, den anderen hassen, wofür er bei der Gesellschaft der Satisfaktionsfähigen grölende Zustimmung erntete. Das mit der Liebe als Slogan hat dann aber doch nicht hingehauen und wurde auch gleich wieder aus dem Programm genommen, zu deutlich stand dem Sprücheerfinder, der später Innenminister werden sollte, der Hass ins Gesicht geschrieben – wenn der von Liebe spricht, da lachen sogar die Hühner, das könnte doch nur als Parodie durchgehen.

* * *

Angefangen hat das Heimat-, Nation- und Vaterlandsgeraune also mit Johann Gottfried Herder und seinem Edikt vom Heimweh als »edelstem aller Schmerzen«.

Auch hier wieder eine Wortbedeutungsübertragung. Denn was bitte soll an einem Schmerz edel sein? Wenn ich weine, weil ich weit weg von Hohenems und seiner hässlichen Zersiedelung bin, was ist an diesen Tränen edler als an den Tränen, die ich vergieße, wenn mich die Geliebte verlässt? Weil es bei den ersteren Tränen um mehr geht? Und worum, bitte? Ich weiß es. Ja, ich weiß es! Es geht darum, verschiedenen Menschen, die einander nicht kennen, die verschiedene Interessen haben, verschiedene Vorlieben, verschiedene Weltanschauungen, die religiös sind oder nicht religiös sind, die aus verschiedenen Heimaten stammen, verschiedene

Musik mögen, Sport treiben oder keinen Sport treiben – es geht darum, diesen allen einzureden, sie ließen sich unter ein großes *Wir* subsumieren: die Nation. Als wäre dieses Gebilde aus einem Detektivspiel erwachsen, eine kollektiv geschaffene Saga.

Geht das?

Nein, es geht nicht. Wenn sie darüber hinaus nicht noch etwas gemeinsam haben, geht das nicht. Nur die Gemeinsamkeit gemeinsam zu haben, das genügt nicht. Irgendetwas weiteres Gemeinsames müssen sie haben, und es muss mehr sein als die Nase im Gesicht. Dieses Gemeinsame muss etwas sein, an das ein Sprücheerfinder in einer erneuten Verschiebung unsere Gefühle heften kann, aber bitte Gefühle, die sehr, sehr tief sitzen.

Und welche Gefühle sitzen am tiefsten? Am tiefsten sitzen Liebe und Hass. Nachdem der Demagoge, der Sprücheerfinder, dieser gewissenlose Kofmich, die fleischgewordene Quintessenz von Qual und Galle, zuerst die Liebe, die eigentlich der Beziehung zwischen einander nahestehenden Menschen vorbehalten sein sollte, auf ein künstliches Gebilde wie die Nation verschoben hat, tut er nun das Gleiche mit dem Hass; auch ihn verschiebt er – auf einen Feind, der so abstrakt wie möglich, damit ihm das Menschsein abgesprochen werden kann, aber doch so konkret wie nötig gehalten wird, um ihn von unserem »*Wir*« unterscheiden zu können.

Damit ein so falsches Gebilde wie die Nation in den Herzen der Menschen überhaupt errichtet werden kann, ist ein Feind nötig. Wir hassen den, der uns die Anerkennung verweigert. Wir hassen den, der uns geringschätzt. Wir hassen den, der uns zerstören will. Mangelnde Anerkennung und Geringschätzung bedeuten Zerstörung. Also, her mit so einem Feind! Dieser Feind wird aus vorhandenen Ängsten und Vorurteilen destilliert und gezüchtet, großgezogen und in jede öffentliche Frage eingearbeitet – so lange, bis wir ihn erkennen, an seiner Kleidung, an seiner Religion, an seiner Art zu sprechen, zu lachen, Handel zu treiben, zu tanzen, zu singen, an seinen Augenbrauen, seiner Hautfarbe, seinem Haaransatz, seiner Nase.

Der Philosoph Johann Gottlieb Fichte war einer von denen, die der bisweilen hysterischen romantischen Sehnsucht nach einer »vertikalen« Heimat in einer mythischen Vergangenheit den Pfeffer einer Feindfigur lieferten – einer Figur allerdings, die er nicht erst erfinden musste, die schon seit hunderten von Jahren einen verlässlichen Feind abgab, Fichte hat ihn nur wieder herausgezogen aus der großen nationalen Schublade für Vorurteile und mit seiner Galle angeschmiert. In seinen *Reden an die deutsche Nation* finden sich Sprüche, die sich nahtlos in Hitlers *Mein Kampf* einfügen ließen. »Fast durch alle Länder Europas verbreitet sich ein mächtiger, feindselig gesinnter Staat, der mit allen übrigen im beständigen Kriege steht, und der in manchen fürchterlich schwer auf die Bürger drückt; es ist das Judenthum.«

Angeblich gab es in Uruguay in den dreißiger Jahren einen Antisemitismus ohne Juden. »Tut nichts! der Jude wird verbrannt!«, heißt es in *Nathan der Weise* von Lessing. Eine Regierung aus Demagogen hat letztlich nur ein Thema: den Feind.

Dieses *Wir*, das *Wir* der Nation, ist giftiger Sprengstoff! Er zerstört Städte und Herzen.

* * *

Die beste Freundin meiner Mutter, ihr ganzes Leben lang, seit ihrer Jugend, hieß Marianne, für mich war sie »Tante Marianne«. Während des Krieges rückten die beiden sehr eng zusammen. Sie waren katholisch und rechneten sich, wenigstens »innerlich«, dem katholischen Widerstand gegen Hitler zu. Einer Widerstandsgruppe beizutreten getrauten sie sich nicht, und ich weiß gar nicht, ob es in der kleinen Stadt Coburg eine solche gab. Ihr politisches Engagement beschränkte sich auf hören und leise sprechen, Gerüchte und Informationen sammeln und sie weitergeben. Und beten.

Sie erfuhren von dem Hirtenbrief der niederländischen Bischöfe gegen den NS-Reichskommissar Arthur Seyß-Inquart, der im Juli 1942 in den Kirchen verlesen wurde und in dem die Judenverfolgung durch die Nazis angeprangert wurde. Bischof Johannes de Jong, einer der Initiatoren, hatte schon vorher vergeblich versucht, Papst Pius XII. dazu zu bewegen, die Rassenpolitik Hitlers mit klaren Worten zu verurteilen. Meine Mutter und Tante Marianne gelangten in den Besitz des Textes und schrieben ihn in Schönschrift ab und gaben ihn heimlich weiter.

Vorbilder, nein, tatsächlich Heilige, waren für sie die sogenannten Lübecker Märtyrer, die katholischen Priester Johannes Prassek, Eduard Müller und Hermann Lange und der evangelische Pastor Karl Friedrich Stellbrink. Sie wurden wegen Zersetzung der Wehrkraft 1943 enthauptet. Sie hatten offen gegen die Nazis gepredigt. Meine Mutter und Tante Marianne beteten für sie und forderten andere auf, für sie zu beten. Das war nicht viel, aber es war doch viel.

Auch Karl Zaschka war ein Vorbild für sie, er war kein Märtyrer, nur ein kleiner Pfarrer aus dem nahen Lichtenfels, ein anständiger Mann. Er hatte untersagt, dass bei der Fronleichnamsprozession Hakenkreuzfahnen getragen wurden, und hatte die Fahne an der Kirchentür abmontiert. Er wurde angeklagt und durfte keinen Religionsunterricht mehr halten. Man forderte ihn auf, das Urteil mit einem »Heil Hitler!« entgegenzunehmen. Er weigerte sich und wurde eingesperrt.

Der Cousin meiner Mutter, Karl, teilte ihre und Tante Mariannes Ansichten. Er verliebte sich in Marianne, und Marianne verliebte sich in ihn. »Wenn alles vorbei ist«, wollten sie heiraten. Marianne studierte in Erlangen Medizin. Sie wohnte in Nürnberg, wohin ihre Eltern gezogen waren. Meine Mutter besuchte sie oft, und Tante Marianne fuhr immer, wenn sie Zeit hatte, nach Coburg zu ihrem Verlobten und zu ihrer Freundin.

Dann wurde Karl eingezogen und starb bald in einem britischen Gefangenenlager, wahrscheinlich an Typhus.

Einen Tag nachdem Karls Mutter und unsere Coburger Familie die Nachricht erhalten hatten, kam Marianne aus Erlangen. Sie war schwarz gekleidet und weiß im Gesicht. Sie brachte Nachricht aus Nürnberg. Die Stadt sei völlig zerstört, sagte sie. Sie wisse nicht, ob ihre Eltern und ihr Bruder noch lebten. Meine Mutter wollte nicht mit ihr über Karl sprechen, sie sah das schwarze Kleid und meinte, dies sei Zeichen genug, sie wollte das Leid ihrer Freundin nicht noch größer machen. Sie sagte, sie wolle sie nach Nürnberg begleiten und mit ihr gemeinsam ihre Familie suchen.

Wie sie von Coburg nach Nürnberg kamen, weiß ich nicht, das sind hundert Kilometer, aber es war ja alles kaputt, die Straßen, die Schienen. In Nürnberg fand Marianne nicht einmal das Viertel, wo ihre Eltern gewohnt hatten. »Adolf-Hitler-Gebirge« nannten die Nürnberger ihre Stadt, das war bitter. Die Nacht verbrachten meine Mutter und Marianne irgendwo, in irgendeiner Sammelunterkunft, zusammen mit hunderten Menschen, die ihr Obdach verloren hatten, bewacht von amerikanischen Soldaten.

Da saßen sie in eine Ecke gekauert. Marianne glaubte, ihre Eltern und ihr Bruder seien tot. Wie auch hätten sie diese Zerstörung überleben sollen!

Und als sie da so saßen, eng beieinander, sagte Marianne: »Weißt du, Paula, das kann ich doch alles nur ertragen, weil ich weiß, dass Karl bald aus dem Krieg zurückkommt und wir endlich heiraten und Kinder kriegen und eine Familie sind.«

Sie wusste nicht, dass Karl tot war! Es hatte ihr niemand gesagt. Alle hatten gedacht wie meine Mutter: Sie wollten ihren Schmerz nicht noch größer machen, indem sie darüber sprachen.

Meine Mutter brachte es nicht übers Herz, ihr die Wahrheit zu sagen, nicht in dieser Nacht. Am nächsten Tag auch nicht. Aber dann.

Marianne schloss ihr Medizinstudium ab und trat in ein Kloster ein. Es verbinde sie nichts mehr mit der

Welt, sagte sie. Später arbeitete sie in Äthiopien als Ärztin in einer Leprastation.

Wenn sie von »*Wir*« sprach, meinte sie die Familie, *die hätte werden können.* Und die war. In ihrem Kopf. Und oben im Himmel. Dort wollte sie so bald wie möglich sein.

Hartmut Rosa **Unverfügbarkeit** Unruhe bewahren

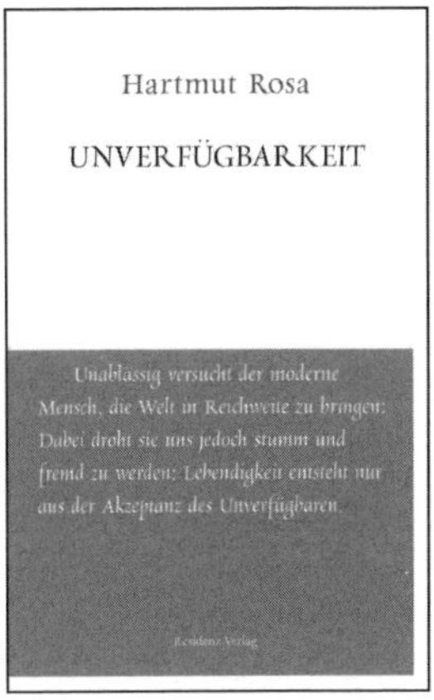

Unruhe bewahren
Hartmut Rosa
Unverfügbarkeit
136 Seiten, EUR 19,00
ISBN: 978 3 7017 3446 7

Hartmut Rosa ist ein Meister in der Analyse moderner Entfremdungsdynamiken. Der Jenaer Soziologe bringt kollektive Gefühle und Sehnsüchte so präzise wie eigenwillig auf den Begriff.
Svenja Flaßpöhler, PHILOSOPHIE MAGAZIN

Dieses Buch ist unbedingt lesenswert. Es ist gut geschrieben und steckt voller treffender Zeitdiagnosen.
Günter Kaindlstorfer, DEUTSCHLANDFUNK

Mit überzeugenden Beispielen belegt Hartmut Rosa in seinem gut lesbaren Essay, dass wir es bei der „Unverfügbarkeit" mit einem zentralen Problem der Moderne zu tun haben. Er macht darüber hinaus deutlich, dass die Lösung des Problems nicht in der permanenten Verfügbarkeit besteht.
Michael Opitz, DEUTSCHLANDFUNKKULTUR

Ute Frevert **Kapitalismus, Märkte und Moral** Unruhe bewahren

Unruhe bewahren
Ute Frevert
Kapitalismus, Märkte und Moral
152 Seiten, EUR 20,00
ISBN: 978 3 7017 3478 8

Im flüssig zu lesenden Streifzug durch die Kapitalismus-Theorie und -Praxis seit Adam Smith zeigt die Berliner Historikerin, wie eng Märkte und Politik seit je zusammenhingen. (...) Ein Text mit moralischer Haltung, aber wohltuend unideologisch.
Regula Freuler, NEUE ZÜRCHER ZEITUNG

Fragen, nicht Antworten sind die Stärke des Buches. Frevert prüft detailnah, mit historischem Atem. Sentenzen löst sie in ambivalente Zusammenhänge auf, von dem Furor einer moralisierenden Debatte lässt sie sich nicht anstecken. Dass der ausgeglichene Band in der Verlagsreihe »Unruhe bewahren« des Residenz Verlags erscheint, mag auf den ersten Blick unpassend anmuten. Doch wie anders als mit Weitblick bringt man wieder intellektuelle Beweglichkeit in eine festgefahrene und polarisierte Debatte?
Hendrikje Schauer, DER TAGESSPIEGEL

Philipp Blom **Gefangen im Panoptikum** Unruhe bewahren

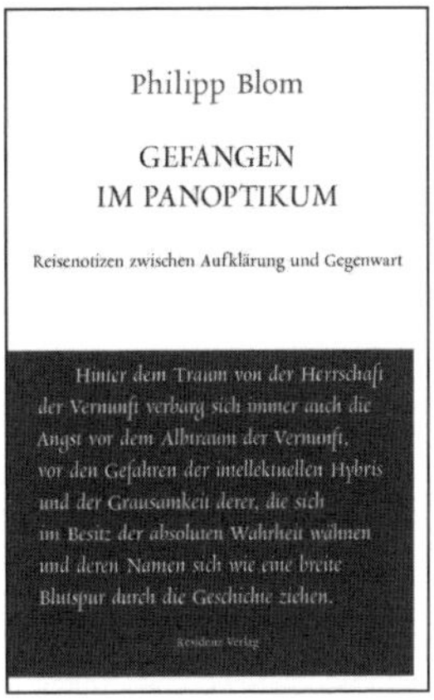

Unruhe bewahren
Philipp Blom
Gefangen im Panoptikum
Reisenotizen zwischen Aufklärung
und Gegenwart
96 Seiten, EUR 18,00
ISBN: 978 3 7017 3418 4

Wir leben in einer Krise der Aufklärung: Rationalität, Universalismus, Menschenrechte und Demokratie werden zunehmend in Frage gestellt. Um diese Entwicklung zu verstehen, greift Blom auf die großen Debatten der Aufklärung zurück. Denker wie Hobbes, Voltaire, Rousseau, Diderot, Kant und Bentham werden befragt, um einen Blick in unsere Zukunft zu werfen. Ihre Perspektiven auf die Gesellschaft nehmen unsere Kontroversen vorweg, ihre Argumente beschreiben Utopien, die unsere heutige Realität prägen. Vom Neoliberalismus und dem Kollaps der Linken bis hin zu identitären Argumenten, von der Überwachungsgesellschaft bis zur Naivität der Wohlmeinenden und dem Zynismus der Privilegierten – alles wird hier bereits kritisch verhandelt.

Eine messerscharfe und dabei durchaus bissige Herleitung heutiger gesellschaftlicher Phänomene aus den Debatten der Aufklärung.
APA

Ein Befund, den Blom elegant darlegt.
Susanne Schaber, DIE PRESSE